大宇醫號

江山、美人孰輕孰重?

顧晚晴

普通可愛的現代女孩兒，
穿越到人人唾棄的驕縱大小姐身上，
身懷異能，以平常心面對各方面的打擊與困難，
以異能取得「天醫」身分，最終重獲親情也得到愛情。

袁授

自幼與家人失散的王爺世子。獸獸的時候很單純可愛，回歸到鎮北王身邊後因受到殘酷的生存調教而變得冷酷，認為世間一切都可為之所用，包括感情，但心裡最深處仍然眷戀著最初時的那分純淨。外表明朗如陽，內心深沉冷厲。

目錄

第一百六十七章

【送別】

范家在顧晚晴手中倒臺後，太后對她的態度緩和不少，並在主持完悅親王與劉思玉的婚禮後，將顧晚晴叫到慈安宮與她說：「悅親王不日便要離京，離京當日，妳代哀家在此相送吧。」

又想玩什麼陰謀？這是顧晚晴第一個想到的問題。

太后見她稍現警戒的目光，有些無奈的說道：「這是皇帝的意思。妳若不信，便去問他吧。」

袁授的意思？那他為什麼不自己對她說？

顧晚晴雖然不是特別機靈的人，但也能察覺得到袁授每每提起傅時秋時的彆扭心情，所以並不在他面前談及傅時秋的事。如今傅時秋已成婚，她雖偶爾惋惜，卻也明白她和傅時秋之間的關係是再也回不去以往了。不願替自己和別人添麻煩，所以縱然知道傅時秋離京在即，她也沒有一定要再見一面的想法。

這會不會又是太后的圈套呢？顧晚晴最近一想到「圈套」兩個字就牙疼，似乎自她來到宮中開始，就有無數個大大小小的圈套在等著她，她踩中過也躲開過，更反擊過，但這樣的生活實在太累了，尤其面對的還是袁授的母親、她的婆婆。

「把這件事告訴皇上吧。」顧晚晴想了一下午，差了青桐去轉述太后的話。

過了一陣子，青桐回來了，臉上卻帶著隱隱的怒氣。雖然青桐極力的壓抑，卻仍是瞞不過顧晚晴的眼睛，也讓顧晚晴嘖嘖稱奇。

青桐居然生氣了？和她相處這麼多年，顧晚晴從沒見過她生氣的樣子。

「怎麼了？」顧晚晴沒急著問袁授的回答，反倒是對青桐生氣的原因極為好奇。

青桐眼中火氣怒意猛漲，不過終是壓了下去。她緩緩的做了個深呼吸，開口道：「皇上說悅親王後日離京，太后身體不好，請夫人代太后送別悅親王與王妃。」

「這麼說果然是他的意思了？」顧晚晴皺眉，他的意思卻要由太后來轉述，這種隔了一層的感覺讓她很不喜歡。

「說說妳吧。」顧晚晴瞄著青桐因怒意泛著紅潮的雙頰，「到底怎麼了？」

話音剛落，青桐竟紅了眼眶，嚇了顧晚晴一跳，繼而怒道：「誰給妳氣受了？我去教訓他！」

青桐輕輕一搖頭。「夫人不必問了，只是一些消遣的話，當不得真，是奴婢較真了。」說罷她輕輕一福，出去忙自己的事了。

顧晚晴很生氣，青桐這是被欺負了又敢怒不敢言啊！放眼整個後宮，除了太后就是她，能給青桐氣受又讓她不敢言的人，絕對跑不出慈安宮！

實在過分！算計不了她，就拿她身邊人出氣？顧晚晴越想越火大，又叫來青桐問她可是受了慈安宮的氣，又安慰她：「不用怕，我奈何不了太后，但她手底下的人還是好抓痛腳的，這口氣我替妳出定了！」

青桐怔怔的呆愣半天，急急擺手。「不是慈安宮的人。是……是左大將軍。」

左大將軍？顧晚晴想了好一會，才把這幾個字和一張毀容的傷疤臉對上等號。

「左東權？」顧晚晴對他意見也大著呢。「他怎麼氣妳了？」

這話問得青桐驟然臉上一紅，垂下眼去。「今日奴婢從御書房出來時遇到左大將軍。他叫住奴婢，說上次的事他只是為應答夫人並非真心，要奴婢……不要有非分之想。」說著，她眼圈紅了。

「非分之想？」顧晚晴氣得差點摔了杯子，怒道：「我都還沒嫌他是個殘廢，他倒是自我感覺良好！」

青桐眨了眨眼睛，忍回眼中的酸意，低頭笑笑，「左大將軍是個直脾氣，他這麼說或許並無惡意，只是奴婢臉皮薄，一時沒忍住，叫夫人操心了。」

「那他也不能直接攔著妳說這樣的話！他怎麼不來找我說？他怎麼不去找袁授說？非挑妳來說？」顧晚晴氣得眼睛發紅，還是青桐急著提醒她，她才發覺無意間說了袁授的名字。袁授今非昔比，連名字都要避諱，自然是不能說的。

顧晚晴也是個急脾氣，來得快，冷靜得也快。雖然生氣，但一想這件事追根究柢還是因她而起，當日她要是不拿青桐說事，今天哪來的這齣？想來想去也覺得是自己不對，但對左東權的印象又差了幾分，心裡難免存了將來要為青桐找回場子的想法。

袁授這段時間整日忙不停，有時候奏章看晚了就直接睡在御書房，連回紫宵宮的時間都省了，也就別提會留宿甘泉宮，有時候能擠出一點時間來陪顧晚晴吃個中飯，已經算是難得的休閒了。

眼下朝局不穩，袁授自然要勵精圖治，但將來坐穩了皇位又會有許多別的事要他記掛，只要還想做個明君，哪能有一刻安閒？

無暇感慨，兩日時光轉眼即過。這日清晨，太后將顧晚晴召去慈安宮，什麼話也沒說，只將她扔在那裡，自己便去宮中的清風殿禮佛。

顧晚晴隻身等在慈安宮中。時至辰時，有內侍來傳，悅親王攜王妃已至慈安宮外。

顧晚晴當即起身出迎。

論起來，顧晚晴目前在後宮中無級無品，原有的側妃品級也因為袁授成為皇帝而作廢，她現在充其量還有個「天醫」的爵位，但見了親王級別的人物也是要下跪相迎。不過今日，她既是代太后待客，自然不必行大禮，但應有的禮數也是要做全。

顧晚晴出去的時候，悅親王夫婦已進了慈安宮，見了她，他們兩個顯然都是一愣。

顧晚晴還以為自己在這的消息他們早就知道了，現在看來竟還是個「驚喜」，不由得埋怨袁授的安排，這是在玩哪一齣啊？

穿著親王王妃命服的劉思玉，見顧晚晴要下拜，笑著迎過來擋了她這一拜，說道：「夫人莫要客氣了。」

先前顧晚晴擔心會在劉思玉臉上看到什麼不悅的神色，現在見她笑語盈盈，似乎沒有什麼不痛快。顧晚晴仍不敢大意，連忙表白道：「太后最近身體欠安，特囑我今日代她相送親王與王妃。」

顧晚晴說話時一直留心著劉思玉的神色，見她聽完後，眼中似乎也有放鬆之意，心裡這才舒了口氣。

她與傅時秋的事，劉思玉全都知道，但那都是前塵往事了，相信傅時秋也是因為放下了從前，才會向劉思玉求婚，顧晚晴不想因為以前的種種事情而影響他們夫妻間的相處。

「我們進去說話吧。」顧晚晴心情放鬆，臉上的笑容也多了起來。她側身請劉思玉與一直沉默的傅時秋進入正殿。

三人落坐後，顧晚晴與劉思玉說了好些不痛不癢的話，到最後，顧晚晴以及劉思玉都覺得有些彆扭，因為傅時秋坐在位子上像入定一樣，一句話也沒有。

尷尬之下，劉思玉面上的笑容減淡了些，眼中閃過黯然之色。顧晚晴心裡一緊，到底是因為她的關係讓他們感覺不自在了，連忙又按程序叫了送別酒，想趕緊結束這次的送別活動。

劉思玉欠身起來迎太后賜酒，轉身時傅時秋握了一下她的手，抬頭看著顧晚晴笑道：「妳們聊妳們的，看著我幹嘛？總不能讓我一個男人和妳們聊物品吃食，還有什麼繡花樣子，這話傳出去還不得笑掉宗親們的大牙？」

顧晚晴與劉思玉齊齊一愣，再一想，可不是嘛！她們兩個剛才所說的多是顧晚晴問路上的東西帶沒帶齊全，劉思玉便挑了些重點來說；後來又說起南北飲食有異，最後就聊到劉思玉成婚時陪嫁的一幅雙面繡上，哪有傅時秋插嘴說話的餘地？

劉思玉本是覺得傅時秋一直沉默是因為見了顧晚晴心有所牽，開口難言，故而心生黯然。但她能嫁給他已是夢中所想之事，從成婚那日起就時時告誡自己不要妄想太多，能陪著他已是幾生的福氣，所以就算心中黯然，卻也仍是強顏歡笑。

可她沒料到，他竟然會當著顧晚晴的面來牽她的手，又見他對顧晚晴輕鬆言笑的樣子，彷彿沒有絲毫芥蒂一般。不管這輕鬆是真是假，他總是顧著她的，這讓她心裡極為受用也極為激動，險些失態。

顧晚晴大大鬆了口氣，喝罷送別酒後，便送他二人出了正殿。

「此一別，望後會無期。」這是傅時秋對她說的第二句話。

顧晚晴心中悵然，關於傅時秋封地宣城一事，她心裡明白，那就是變相的軟禁。但為盡釋帝心疑慮，這是不得不為之事。傅時秋也明白這一點，所以才有此言。若平安無事，他自然不會入京，他們也不會再有相見的時候；如果有再見面之時，那麼定是京中出了令人難以預料之事。

「聽說宣城地界還算寬闊，美景也多，你們切勿一次看完了。慢慢的看、慢慢的玩，這一輩子都開開心心的。」

若是別人說這話，傅時秋定會覺得她是因為不放心，所以告誡他不要離開宣城，但說話的人是顧晚晴，傅時秋便少了那些思慮，輕笑道：「那是自然。」

一旁的劉思玉輕輕抿了下唇，「我想去更衣，勞煩王爺稍候。」說著，便要退走。

傅時秋一把拉住她，笑眼輕瞥，「就說完了，我和妳一起去。」

劉思玉本是想給他們留個空間單獨話別，可他這麼一說倒讓她紅了臉，好像所有的心思都被他看穿了一樣。

「小心袁授。」拉著劉思玉，傅時秋第一次嚴肅起來，對顧晚晴鄭重說道：「他不再是那個傻不拉嘰的阿獸了。他在鎮北王身邊待了五年，學會了許多事，妳必須要明白這一點。」

顧晚晴點點頭，而後才覺得他的話中似有深意。她剛想細問，傅時秋便由腰間摸出一張字條遞了過來。

「如果有一天妳想一個人出去散心，去這裡。」

顧晚晴接過字條看了看，那地點十分簡單好記。傅時秋確定她記住後又收回字條，笑道：「記著啊，妳一個人想出去的時候再去。」

顧晚晴問：「誰在那？」那地點並不在宣城。

第一百六十八章

【理由】

「一個不會害妳的人。」傅時秋答得輕鬆。「好了，就此別過。」

「難道袁授會害我嗎？」顧晚晴追著他的背影問了一句。問完，又後悔了。

傅時秋半轉過身子，笑得很欠扁。「我可沒那麼說過，妳小心別讓他聽到，省得給我小鞋穿。」說完他擺了擺手，拉著劉思玉，頭也不回的走遠了。

他說的是太后？想到太后曾想害她和傅時秋於不義，顧晚晴狠狠的跺了跺腳，慈安宮不正是太后的地盤嗎？！

傅時秋走了，顧晚晴的差事也辦完了，她一刻不停的趕回甘泉宮，不想在慈安宮多留一秒鐘。

還沒到甘泉宮，顧晚晴老遠就見到冬杏在宮門處候著，見了她的車輦，匆忙跑過來。「夫人，皇上在宮裡呢。」

剛好，顧晚晴正想找他。

顧晚晴沒有加快速度，不緊不慢的進了宮門，便見一抹明黃立於院中，映著近午的陽光，晃得人眼睛生疼。

她刻意加重腳步，那立著的身影聞聲立時回頭，動作急了些，髮梢在空中揚起一個弧度，又重新落於他不算寬厚的肩頭。

「妳回來了。」平和的聲音中隱隱聽得出一絲欣喜，袁授迎了過來，「正好，我們一起用中膳。」

顧晚晴盯著他的眉眼，英挺的面孔上帶著年輕人特有的神采飛揚；雖然龍袍加身，但他才二十歲，滿身都是朝氣，顧晚晴喜歡這樣的朝氣。

「顧氏參見皇上。」她躲過他伸出來的手，低頭便跪了下去。

他著著實實的一怔，好半天沒緩過神來。「妳做什麼？」

「參見皇上，再向皇上覆命啊。」顧晚晴頭也不抬的回道。「皇上現在出現在這裡，是擔心我送悅親王夫婦送得太久嗎？如何？這時間還在皇上的允許範圍中嗎？」

袁授語塞。沉默了好一陣子，他才彎腰把顧晚晴拉起來，卻是沒有辯駁一句。

面對袁授的默認，顧晚晴差點氣歪了鼻子。「你是不相信傅時秋，還是不相信我？就算你誰都不信，旁邊還有個劉思玉呢！我們總不能……」

「晚晴！」袁授打斷她的話，以防她說出更過分的話。他掃了眼院裡的幾個宮人後，便扯著她進了屋。

「我沒有不相信妳。」他頓了頓，又道：「也沒有不相信傅時秋，如果你們真有什麼，當初妳大可以選他。」

顧晚晴沉著臉悶不吭聲，坐在椅上看也不看他一眼。

「我只是……覺得你們應該見一面，若不見，在心裡便會成為遺憾，遺憾久了……」他的聲音越來越低。

顧晚晴一揚眉，「遺憾久了如何？難道我就會變心了？」

「我沒這麼說，但也不想要有這樣的可能發生。」他走到她面前慢慢蹲下，仰頭看著她的臉，眼中滿是認真。「顧晚晴，妳這輩子都不要再喜歡別人。」

他的聲音不如以往那樣乾脆爽利，帶著點糯音，像極了回京後他第一次來找她，抱著她說自己很不開心的時候。

他這樣子讓顧晚晴硬不下心拒絕他。對上他黑亮的眼睛，她嘆了一聲說道：「我不會再喜歡別人的，只喜歡你。」

袁授瞬間便笑開了，笑容燦若夏花。

他眼中帶著濃濃的眷戀，探身過來緊緊摟住她的腰，臉埋在她胸前。

顧晚晴輕輕回擁住他，心中不由得失笑。傅時秋說他變了，她也明白他肯定變了許多，這種變化有成長也有陰暗，她並沒有刻意迴避。可是在某些時候，比如現在，他卻仍是像當年一樣希望她的眼裡只有他。

「不是要吃飯嗎？」抱了一會，見袁授絲毫沒有鬆手的意思，顧晚晴推了推他，看他沒什麼反應，再低頭一看，不禁無語。他半蹲半跪在那居然也睡得著！

袁授這段時間太累了吧？顧晚晴有點心疼，動作輕柔的撫了撫他垂下的長髮。

她靜靜瞧著他的睡臉。睡時的他少了些凌厲、少了些緊繃，歪在她身上溫溫軟軟的，哪像一國之君的模樣？

他為什麼想要做皇帝呢？顧晚晴一直沒問過他，但這個疑問在她心中已不是一天兩天了。難道是因為鎮北王想做皇帝，所以間接的這種意願影響到他了嗎？

顧晚晴輕輕撩弄著他的髮梢出神，摟著他靜坐了一會。

他全身的重量壓在她腿上，沒一會，顧晚晴就覺得雙腿發麻，才輕輕挪動一下，袁授的身子猛然一僵，毫無預警的睜開眼來。

看清身邊的人是顧晚晴，袁授提著的那口氣才緩緩的吐出，復又輕笑。「我睡著了。」

「到床上去睡吧。」顧晚晴活動一下腿腳，麻得她齜牙咧嘴。

袁授歉然的看著她，站起身來。「去用膳吧，下午我還有事。」

「就睡這麼一會？」顧晚晴不由分說的拉著他往內室去。「再睡一會，吃飯一會工夫就行了。你都熬夜這麼多天了，也該顧著自己的身體，你只管睡就好，時間到了我會叫醒你。」

顧晚晴說了一連串，袁授卻是動也沒動，微微收力將她又往回拉。「先用膳。」

顧晚晴感覺莫名。她眨了眨眼，回頭看了眼內室，奇怪的道：「做什麼？我屋裡又沒有老虎。」

袁授的眼中閃過一絲訕然，最終還是跟著顧晚晴進了內室。

「到床上去。」顧晚晴斜睨著他，用命令式的口吻。

「我……那我睡一會。」袁授自覺的臨陣改了口風。「妳先去用膳，讓秦福進來伺候就行了。」

「那怎麼行？」顧晚晴挨上前來，輕輕用指尖勾住他的腰帶。「自然是我伺候。」

「晚晴……」袁授的語氣中竟隱隱帶了些哀求之意，「讓我自己待一會……」

「不、行！」今天要不把這事弄明白，顧晚晴連覺都睡不好。她一把將袁授推坐到床上，「剛才還要我只喜歡你一個人，轉眼就嫌我礙眼了？我的內室進不得嗎？我的床榻上不得嗎？連和我共處一室你都有意見，你到底想怎麼樣！」

袁授實在有口難言，那樣的理由說出去，別說顧晚晴，連他自己都覺得丟臉。

「袁阿獸！」沒得到答案的顧晚晴氣得直磨牙，心裡的想法一下子就多了起來。聯想到最近立后聯姻的事，她心裡一緊，再近一步拎住他的領口，「別以為你現在成了皇帝我就怕你，到底怎麼回事？你不說清楚，今天就別想下老娘的床！」

她絕美的容顏發起怒來帶著一股颯爽的味道，為她的明美再添三分率直。袁授被她提著領口距離她極近，抬眼便是那柔美的雙唇與咄咄逼人的目光，視線掃過她的唇瓣，袁授喉頭不由自主的輕滑一下；再看她眼中那驚怒又帶一絲慌張，態度卻是寸步不讓、帶著十足的決意，似乎他若真做了什麼讓她傷心的事，她定然馬上轉身，再不給他任何機會。

那怎麼行呢？只這麼想著，袁授的心就好像被扎了一針，針眼裡流淌出來的不是血，而是蝕心腐骨的酸意，直衝喉頭。

可是還是不能說出來啊！要是被她知道準讓她笑死！

「哎？」穩占上風的顧晚晴突然低呼了一聲，看著袁授身體悄然而起的變化，眼中有詢問之意，臉也跟著紅了。

袁授馬上改變坐姿想遮掩一番，可哪還來得及？

他那活力十足的精神頭，早被顧晚晴盡收眼中。

「一會不想見我，一會又這樣……」顧晚晴抿了抿脣，嘴上埋怨著，可臉上卻是紅得快要燒起來了。

算起來，她也很久沒和他親近過了。

自她回京城起，也有小半年了……所以，就算是她，也有點蠢蠢欲動，那……也是正常的吧？

「不然……你還是先去用膳，不是下午還有事嗎？」顧晚晴囁嚅的說著，坐到他身側，一雙眼睛泛著水光，引人遐思無限。

袁授嘆了一聲。

她就那麼緊挨著他坐下，天熱衫薄，讓他還怎麼想下午的事？

「還是先睡覺比較重要。」袁授管不了那麼多，轉身按倒她，三兩下便扯下礙事的衣物。

一邊蓄勢待發多日，身體繃得發疼；另一邊春思乍起，身軟如水，結合的一剎那，兩個人都極輕的喟嘆一聲。

這聲嘆息飽含了太多的滿足，又飽含了無盡的索求，像一把鑰匙開啟了兩人刻意忽略的渴望。

愛意，瞬間如潮水般湧來，她的輕顫與他的律動盡情結合，以汗水交織出割捨不斷的牽絆，溫度轉眼燒至極限。交纏的肢體、曖昧的聲響，他們的名字經由對方口中吐出，彷彿都染上了火熱的顏色，將這場戰役推向極致頂峰，最終爆發之時，酣暢喜悅的淚水由顧晚晴緊閉的眼中溢出，又被那大力的衝擊拋得四散開去，最終落入枕被之上，消弭無蹤。

許久過後，顧晚晴的雙腿仍抖得無法攏住，身體好似還飄在天上一般，可她心裡的慌亂並沒有因此而消散，反而愈加濃重。她知道自己已是完全依戀著他，也正因如此，許多事再不能像最初一樣，說得清、做得明瞭。

「還是沒能忍住。」袁授不知她心中千迴百轉，趴在她耳側挫敗的輕聲低喃：「我是皇帝，我的妻子自然是皇后，我便想，等我有能力讓妳真的成了皇后時再碰妳，我不能讓妳這樣無名無分的隨了我。妳可知道，我忍得有多辛苦？」

第一百六十九章

【條件】

他的話彷彿是一隻大手，撥散了密布的烏雲。只是簡單的一句話，但讓顧晚晴心中的不安頃刻煙消雲散，她知道這樣很傻，可雀躍的心情已現，她不願壓抑。

瞄著他懊惱又滿足的雙眼，顧晚晴紅透了臉，他們明明才剛做過最最親密的事，可她的臉頰仍然燒得滾燙，只為他這一句話。

「盡是胡想……」她輕抿脣角。「難道沒有皇后的名分，你就不認我這個妻子了？」

袁授輕笑，擠過身來半壓住她，指尖從她布滿汗水的軀體上輕輕劃過。「妳說呢？」

顧晚晴縮了縮身子，將頭靠到他肌理緊實而線條分明的肩頭，學著他的樣子也劃弄著他的肌膚，突然輕笑。

「笑什麼？」袁授低頭看她彎彎的眉眼，眉梢輕挑。「難道我剛才表現得不好？」

「哎……」擋不住他變本加厲更不安分的手，顧晚晴輕喘了兩聲，伸出手臂攬上他的脖子，身體與他緊緊貼合再無一絲空隙。「我是突然想到我們最初見面的時候，你也是不穿衣服……」

袁授眼角一抽，隨又壞笑，「所以妳得負責啊。嘖嘖，可憐我當時還那麼小，渾然不知自己的清白早毀在妳手上了。」

「瞎說什麼，明明是你自己不穿衣服……呀——」突如其來的入侵讓顧晚晴身體猛的一顫，還未恢復力氣的雙腿抬也抬不起來，身子也痠軟得厲害，可是見他那樣難耐，她哪裡忍心拒絕？便強撐著疲意配合他驟然而起的律動。

「晚晴……晚晴……」袁授閉著眼睛尋上她的脣、她的肩，感受著她溫暖緊窒的包裹，一次、兩次……他覺得多少次都不夠。

細細的輕喃喘息聲漸起，兩人正漸入佳境時，帳外突然傳來輕輕的一聲：「皇上？」

顧晚晴嚇得一哆嗦，袁授正到了緊要關頭處，乍不防她身子一緊，再想忍卻是忍不住了，鉗緊了她的腰不管不顧的衝上巔峰，而後抓起床上玉枕砸出帳外。「滾出去！」

「皇上息怒。」

秦福驚恐的聲音在外響起，又聽「咚」的一聲，應該是他跪了下去。

「太后正在外殿，說是……要見夫人。」

袁授皺了皺眉，這才看到顧晚晴眼角泛著濕意，神情也有些痛苦，連忙退出她的身子。「弄疼妳了？」

顧晚晴搖搖頭，袁授卻是更惱，一方面惱自己，一方面惱太后。若不是太后堅持，秦福怎敢進來打擾？而太后又為何堅持，其中原因不言而明。

穩了穩神，袁授眼中欲色盡掃，吩咐秦福去備熱水，又撫了撫顧晚晴的臉頰，軟聲道：「我去見她。沒事，妳先歇著。」

「那太后對我的誤會就更深了。」顧晚晴實在是連動一動手指頭的力氣都沒有了，又因他剛剛狂肆，身下隱隱作痛，哪會不想好好睡一覺？可如此一來，太后豈不更要為難她？

這大概就是沒名分的壞處，皇后的位置空在那，太后怎麼能沒有想法？怎麼能不找她麻煩？

對於她的堅持，袁授沒再反對，從床上下來走到箱籠處，尋了套她的衣服，幫她大致穿好後，這才自行著裝。

出去吩咐熱水的秦福回來便見袁授站著自行穿衣服，顧晚晴則軟軟綿綿的靠在床頭，他連忙過去接了袁授手中餘下的衣物，一件件小心妥貼的為袁授穿上。

「勞煩公公叫青桐進來幫我梳頭。」直到袁授穿戴得整整齊齊，顧晚晴才開口。

如袁授不願讓宮人見到她衣裳不整一樣，她也不願讓任何女人見到他穿戴不齊的樣子，哪怕是最親近的人也不行。
秦福連道不敢，躬身退了出去。沒一會，青桐便進來細心的替顧晚晴梳上髮髻。
梳妝完畢之後，顧晚晴也恢復了些力氣，紅著臉推開袁授的攙扶，跟在他身後出了內室。
待到外殿的西跨屋，太后正在屋中端坐，見了他們，未開口便先現出一個笑臉。
「哀家在清風殿見到一種稀罕的花，只在夜裡開兩、三個時辰，便想約還珠一起去看，怕錯過時辰著急了些，卻不想皇帝在這裡，打擾到你們了。」
這是什麼情況？顧晚晴有點受寵若驚。自從袁授想立她為后開始，太后什麼時候給過她好臉色？今天早上更是面都沒見人就去了清風殿禮佛，現在怎麼又客氣起來？
袁授顯然也很錯愕，有道是伸手不打笑臉人，太后要是一上來就找麻煩，那他肯定是要護著顧晚晴的，可現在他不知道是該繼續繃著臉好，還是該緩下臉來才好。
「有勞太后掛心……」顧晚晴也不知該說什麼了。
太后笑了笑，與袁授道：「皇帝事忙，先去忙吧。」

袁授正擔心太后找麻煩，哪會放顧晚晴獨自在這？便道：「朕還沒用膳，用過了再走。」

太后也不反對，立即吩咐人去傳膳。

這頓飯吃得挺消停，太后竟然一句廢話也沒有，全程笑咪咪的陪著，這讓顧晚晴如坐針氈，這還不是準備等她落單的時候單獨料理她嗎？

袁授也瞧出了不正常，因此吃得無比緩慢。可吃得再慢，也有吃完的時候，他便琢磨著是不是要顧晚晴陪他一起去御書房，打定主意不讓她單獨留在太后的眼皮底下。

終於，袁授放下了那雙烏木鑲銀筷，正要開口，顧晚晴倒搶先一步道：「皇上請去處理公事吧，太后便由妾身陪著。」

袁授看了眼太后，放下擦嘴的帕子，與顧晚晴道：「太后也累了，讓她歇歇。妳隨朕去御書房替朕磨墨。」

「皇上。」顧晚晴直視著他，說道：「妾身還是陪太后去賞花吧。」

袁授不解，以目光相詢。

顧晚晴笑笑，還他個「放心」的目光。

躲得了一時，躲不了一世。是死是活，還不如趁早知道，總比時時擔驚受怕的好。

袁授稍有猶豫，最後似乎也想通了這點，眼中微現惱意，但也不再堅持，起身走了。

袁授走後，顧晚晴看著太后，也不說話，就一直看著她。

太后輕咳一聲，擺了擺手，殿內侍候的宮人便一一退出。直到殿內只剩下她們兩人後，太后才笑笑的說道：「妳真那麼想做皇后嗎？」

顧晚晴一愣。隨即想到袁授曾與她說過的話，心中一暖，她堅定的點頭。

「倒也並非不行。」太后似乎正等著她這份肯定。「朝中尚有一批先帝舊臣，既無順服之意也無退隱之心，皇帝礙於民心與學子言論動不得他們，但放在眼前總是礙眼。」

顧晚晴萬沒想到太后會說出這樣一番話，先帝舊臣……她倒是知道一些，都是曾隨先帝南下避難的臣子，其中不乏在先帝登基時就擁立的老臣，對先帝忠心耿耿。他們堅持認為鎮北王一脈純屬篡位，曾有過擁立傅時秋為帝、在外另立新朝的想法，不過在傅時秋上表忠於新帝後，他們之中有一些人也妥協追隨了，但仍有幾個頑固老臣，時不時的竄出來說一些讓袁授發堵的言論，還曾公開表明對新帝能力的懷疑，這不僅讓朝中人心不穩，也實在令人心生厭煩。

可關鍵是，他們個個都是忠心為國的老臣，且自身能力卓越，讓袁授斥也不行、貶也不行，只能留他們在那添堵。

「太后的意思是……」雖然已有預感，但顧晚晴還是得問個清楚，以免自己誤會。

「妳是天醫。」太后的目光意味深長。「范敏之的病，妳不是處理得很好嗎？」

顧晚晴抿了抿唇，沒有說話。

這件事袁授雖未與太后交代太多，但口風總是會漏，加之顧晚晴於其中有所表現，太后怎會猜不到此事與她有關？

「我不知道妳給范敏之下了什麼藥，總之結果很令人滿意。」太后緩緩的道：「皇上登基，許多人議論紛紛，為收服人心，皇上向來以仁治下，可總有許多人不辨是非，對於皇上整日的殫精竭慮看不到，卻能看到一些捕風捉影之事，長此下去，朝局豈能安穩？」

說到這裡，太后長長的嘆了口氣。顧晚晴卻是連大氣都不敢出，生怕聽漏了一個字。

「若妳能助皇上一臂之力……」太后的身子微微傾向顧晚晴。「那麼立妳為后之事，哀家絕不干預！」

這就是條件嗎？顧晚晴仔細想了想太后的話，「太后是要他們告老歸田？抑或另有安排？」

「只要他們不留在朝中，給他們個榮華晚年，又有何不可？」太后說到這裡，才隱約有些急迫，「皇帝以仁治天下，斷不能做出兔死狗烹之事！」

「我……明白了。」思慮良久，顧晚晴緩緩長長的吐出口氣，起身輕輕拜倒。「太后給我些時間，一個月後，請安排我與那些人碰面，不出半年，太后心願便可達成。」

「當真？」太后眼現喜色。

這些時日，那些老臣子們可沒少給她添堵。有一位名叫陳遠升的，是泰安元年的進士，現任督察御史，一手文章寫得好到極點，也損到極點。前幾日上表皇帝，說皇帝登基本身便屬過繼性質，他的父母怎麼能做太上皇和皇太后呢？於是奏請皇帝下旨令他們出宮居住……諸如此類的事還有許多，不止袁授煩不堪擾，連她也受不了了！

顧晚晴抬起頭，目光堅定，「太后只管一試！」

除去袁授的原因，有這樣頑固的臣子，就算他們留在朝中，又豈會有善後之日？如能讓他們提前告老，兩家歡喜，何樂而不為？

第一百七十章

【年終】

泰安三十二年註定是一個不平靜的年分。泰安帝去世，承治帝登基，初時人心不定、朝局不穩，承治帝以或霹靂、或懷柔的手段剷除拉攏異己，不到一年時間，俱順服矣。

說起來，袁授都覺得自己過於好運了。

當時在他面前最大的威脅便是那群不能咬、不能動的先帝遺臣，有他們在，他行起事來總有阻礙，沿習舊政說他平庸無為，施行新政說他膽大無腦，袁授雖不至於被他們左右想法，但面對每日無止境的上表譴責總是心煩。加上朝中多有盲目擁護者，以至於這群人的存在，在很大程度上干擾了他的作為。

要說除去他們，袁授自然有許多隱秘不為人知之法，但在當時的處境，哪怕他稍一動作，那些人都會懷疑到他頭上，既而進一步的詆毀他，所以他有他的難處。

可就在這時，那些臣子之首，以頑固討厭著稱的督察御史陳遠升，竟得了一種怪病，每日懨懨的提不起精神無法上朝。少了他這個刺頭之首，其他刺頭的力度都小了許多，而陳遠升訪遍名醫，病情卻是始終不見起色。最後缺朝三個月，終是忍不住上表請求由天醫為其醫治，袁授以仁術治天下，自然不會拒絕，但也私下囑咐顧晚晴，隨便看看就得了。

最後，顧晚晴得出的結論讓許多人都相當詫異，說這陳遠升的病來自於心理，主要是因為他心中鬱結不舒所致，所謂心病還須心藥醫，大夫除了給他進補並無別的用處，只能由他自己調節。

這比上次那個皇氣加身、驅散病邪稍稍可靠了一點，陳遠升早就懷疑是不是這小皇帝加害於他，打定主意要是袁授也讓他如范敏之一般賭咒起誓，他就豁出這條命，看他怎麼大鬧金殿讓袁授下不了臺！可最後竟說是他心理有病。

天醫開口，陳遠升回去後再看大夫，所說都與顧晚晴一般無二，於是陳遠升鬱悶尋找「心藥」去了。可這「心藥」實在是太難尋，他知道自己對新帝有意見，想讓他沒意見鬱緩鬱結，那也不是說舒就舒的啊！再說，他根本不認為自己有錯！

就這樣，陳老大人的病一拖就拖了四、五個月，「心藥」是沒找著，可朝中大事卻是離他越來越遠，往日以他為首的那班臣子在商量什麼也不來找他，見了他頂多囑咐他多多休養，再無旁話。漸漸的，他被眾人遺忘，一些時事再不繚繞在耳邊，眼中所見也只是自家中雞毛蒜皮之事，他對自我的價值漸漸消失了。心理加生理的雙重壓力下，他的病日漸沉痾，而那「心藥」卻是遍尋無蹤。終在入冬之時，他偶觀落雪突發感慨，而後長嘆一聲，上表請辭。

事實上，他只是希望大家能注意他一下。一般來說，像他這種資格的老臣請辭，皇帝都是不會放人，通常會表示挽留。他覺得，要是皇帝留了他，那麼他以後對皇帝好一點也未嘗不可。

可他忘了，袁授正巴不得他走呢。

袁授親自手書了一封留辭，並詔告天下。前半段主要歌頌陳老大人的功德政績，後半段主要感慨老大人為國殫精竭慮，熬壞了身體，今日請辭，本不願放其歸鄉，但，更不忍其苦拖病軀而不得安寧，故，特准其奏，失其良才，朕心甚痛。一句轉折，便結束了整篇詔書。

就這樣，陳老大人請辭獲准，皇上特令朝中二品以下官員俱出京相送，以示榮表。

陳遠升懊悔不已，可木已成舟，加之他本身病情不輕，索性也就看開了。離京前他廣宴好友，喝了個昏天暗地，而後輕車簡從，帶著家眷離京去也。

也不知道是不是不在其職、不謀其事，辭了職，陳遠升的身體竟日益強壯，離京前那場大醉過後，他就像換了個人一般，昔日健康的體魄又重新回歸，他這「心藥」算是徹底找到了。

而後他回到家鄉休養，數年之後，自覺身體越發康健，再觀承治帝理下有方，短短幾年，不論是民間還是官場都是氛圍大變，再不見泰安年間那般腐糜之氣，心中明白自己對這小皇帝實在是存有偏見在先，以致失了識主之明，心中難免後悔，又偶有回京繼續任職之想，但又搖頭苦笑，叫來孫兒自敘天倫去了。

自然，這是後話。

再說回泰安三十二年。自陳遠升請辭之後，陸續又有幾個舊臣因自身原因請了病假，遠離朝野、遠離政事。對於這些在朝堂中操勞了一輩子心力的人臣來說，這樣的情形實在令他們難以忍受，可自身身體情況不允許，他們也沒有辦法。待到年終歲尾之時，離開朝政許久的他們自覺已跟不上時事變遷，又不敵人情冷漠，一些昔日下屬同僚落井下石，便紛紛效法陳遠升，請辭回鄉。

自然，這些舊臣中也不乏有醒悟歸順的，更有死抗到底的。對於歸順者，袁授不計前嫌委以重任；苦拖病軀奮力頑抗的，袁授便採取冷處理，不就是占著個官職嗎？另提拔培養副手就是了，沒人從一開始就是能臣。

當然，在這些人頑抗休養期間，朝中的事情是絕不許傳到他們耳中的，說得通俗一點，這個坑你願意占就占著，沒人趕你，反正現在是新帝登基，多得是人上趕著來效忠，蘿蔔多，就多挖幾個坑吧，難不成活蘿蔔還能讓坑憋死？

眼前的不穩定因素一一平息，對此，袁授自然是高興的，但他也不是沒有過懷疑，怎麼就那麼巧，得了病的全是那些頑固臣子呢？他不能不聯想到顧晚晴身上。

可顧晚晴從未對他提起過什麼。

直到泰安三十二年歲末，舉朝同慶之後，他們擠在甘泉宮的暖閣內守歲，他忍不住發問，她才嘿嘿一笑，算是默認。

果然如此……若非如此，這半年來她怎會常常面色蒼白如紙？他每次詢問，她都有各種各樣的理由等著他，他竟然全都信了。

或許，他並沒有相信，卻強迫自己相信，告訴自己，這就是真相。

或許在他心裡，他是早明白這些事的，也同樣明白她的異能對本身並不是毫無傷害，可他為了朝局的穩定，假意不知，一次次的看她耗盡心力，再任由她重複、再重複，直到擋在他面前的人一一倒下。

他這算是在利用她嗎？

輕輕的閉了閉眼，袁授心中滿溢著一種從未有過的情緒。他不想相信這是事實，卻有個聲音在耳邊一直叫囂：這就是事實，你，就是利用了她！

袁授很不喜歡這樣的感覺。

從離開她到再見她，五年多的時間，他知道自己改變了許多，但也知道，想護著她的心是一直沒變的。他知道自己的真誠，哪怕在這五年中見遍腥風血雨、生死離散；哪怕他的心已硬如鐵石，他仍然知道，在她面前，他還是原來的那個他。

事實也正是如此。

在鎮北王身邊，他早已習慣了冷漠，寡言少語，冷酷嚴厲。在顧晚晴看來，那或許是一種偽裝，可他自己清楚，那樣寡情才是真正的他。

見泰山崩於前而不色變，見生死於身邊而不動情——這是鎮北王教他的第一句話。要控制情緒，而想控制情緒不失控，最好的辦法，就是絕情。

最後，鎮北王成功了。

他既防著袁授，卻也把袁授教成了他最想要的樣子。袁授的無情他喜歡，也提防著這樣的無情總有一天會降臨到他自己的頭上，可他終是沒料到，這一天會來得這麼快。

終歸是他演技夠好。

袁授驕傲的揚了揚唇，忽略心中的苦澀，他的眼中盡是寒芒凜冽。袁北望，令泰安帝都陪著小心的鎮北王，手握數十萬麒麟軍，雄材偉略一代梟雄，可結果呢？還不是得老老實實的躺在那，連生死都無法自己決定嗎？

他不僅讓鎮北王看到了他的無情，更將那分渴望父愛，為盼父親一句誇獎而願做盡天下無情之事的心態表達得淋漓盡致。他無情的同時又順從著他的父親，讓那同樣無情多疑的人以為將他牢牢掌控在自己手中。

他的確做得很好，所有的事全都順從，從不讓他的父親失望……只除了那個女人。

或許鎮北王也覺得，舊時的經歷會將顧晚晴的身影牢牢印在他的心上，所以在他還未通人事之前，便找來女人服侍他，那樣的嫵媚入骨，那樣的柔軟風情，那時的他，何曾見過這樣的風景？只恨不能吃盡她的骨肉！

可……輕輕一笑，袁授眼中晃過無數緬懷，他多希望那個人是她啊！

就算他不通人事，他也見過無數動物交媾的場面，如果他真要那樣，他多麼希望那個人是她。

不可否認，那時她在他心中的地位是任何人都無法撼動的，最初的反抗也是因她而起，他想她，想要回去見她。

可漸漸的，他每日疲於學習，生命中似乎只剩下「學習」二字，她在他夢中出現的次數越來越少，他無暇想她了。直到一日，鎮北王給他一把刀，指著一個女人說：「去，問她的名字，然後殺了她。」

他接了刀便去問那女人的名字。那個女人嚇得瑟瑟發抖，說她叫顧還珠。

顧還珠，他至今仍記得自己當時心中的嘲笑，他親愛的父親大人，用這樣變態的方式來訓練他，卻不知道他心中的名字並不是顧還珠，而是顧晚晴。

手起刀落，鮮紅的血噴濺一身，是那樣的滾燙，又是那樣的迅速冰涼。

從那時起，他便知道鎮北王想要一個什麼樣的兒子，可他不願成為那樣的人，或者說他不甘成為別人手中的傀儡！

於是，他重拾執念。

顧晚晴便是他的執念，他執著的認為是她保護了他，就像從前一樣。而這次她用她的名字保護了她自己，他無法想像，如果當時聽到的名字是「顧晚晴」，他會不會下得了手，會不會真的殺了那個女人，也將自己心中對過去的牽掛全數斬斷。

這件事也是他心情轉變的開始，他對自己說，他要反抗！他要回京！他要找到她！和她在一起！然後推翻他的父親。

現在，他統統都做到了。

第一百七十一章

【立后】

可是做到了，不代表他很開心。

除去最初的喜悅，隨之而來又有無數新增的困擾。多年的籌謀一朝實現，豈會只是他一人的功勞？其中王妃與哈氏的功勞不可埋沒。

他知道哈氏想要的是什麼，以前站在同一戰線上，利益相同，但現在他做了皇帝，就要開始提防哈氏重歸朝野後對這天下、對這皇位造成的衝擊，哪怕那是他的外祖家也一樣。

他連他的母親、他的外祖家都不能全然相信，所以才會這麼對待她吧？

輕輕低下頭，看著懷中抵不過倦意昏昏睡去的顧晚晴，袁授的臉上沒有絲毫神情。盯著她的睡顏看了一會，他眼簾微垂，低低嘆了一聲。

除了在她面前外，他從不會有這麼多的感嘆。在人前，他永遠都是一副冰冷嚴肅的樣子，只有看著她，才能夠讓他回憶起過去那些無憂的日子；念戀她的溫暖感覺，才會讓他流露出幾分性情。

他是喜歡她的。

不，他是愛著她的。

這一點，袁授都知道，對她的好、對她的寵，沒有假的，如果可以，他願意這樣待她一生。可今天，想到自己假意不知而利用她的種種，他心裡漸生動搖之意。

或許，他並沒有自己想像中那樣愛她。

這一想法萌生後，袁授的心情猛然煩躁起來，就像突然有人告訴他，自己一直珍視無比的珍寶，其實並不是出自真心的喜歡，只是喜歡把它戴在身上的感覺，可能是出於習慣，可能是出於懷念，只願接受這知根知底的東西。

是這樣嗎？

袁授閉上雙眼，眉頭輕輕蹙著，他不喜歡這個想法，一點也不！

微微的涼意驟然觸上面頰，他一驚，張眼正對上一雙明美朦朧的眼睛，眼睛的主人笑得狡黠。

「除夕夜也睡得著？小心『年』來了把你吃掉！」

袁授失笑。「妳這是惡人先告狀，也不知是誰先睡的。」與她說著話，剛剛那重若千鈞的鬱意竟頓時而消，他的脣角淺淺彎著卻絲毫不覺。

「反正不是我。」顧晚晴打著哈欠從他懷中支起身子。「現在太后那裡定然很熱鬧，我們兩個居然在這偷閒，傳出去說你不孝，對你的名聲難免有損。」

「我是與群臣相聚太過盡興而醉倒，妳需要留在這裡照顧我，哪裡偷閒了？」

顧晚晴抿著唇笑，其實她也更願意和他窩在這說話。

看她竊喜又滿足的樣子，袁授的心也跟著柔軟下去，手摸上她的臉，指尖輕觸著她沒什麼血色的臉龐，他感覺自己心中微疼。

「明天是個好日子。」

顧晚晴笑道：「明天是大年初一，自然是好日子。」

「好日子就要做些喜事，明日我便去與太后說，要她下詔書，立妳為后，妳立了這麼大的功勞，她沒理由再反對。」

顧晚晴怔了怔，雖然她與太后早有約在先，但更多的原因是這樣會幫到袁授，立后的那個約定在她心中反而淡了。不過，淡雖淡，她對皇后之位還是有些覬覦的，那畢竟是袁授正妻的位置，有了這個位置，她才可以名正言順的和他站在一起而不會引來非議。

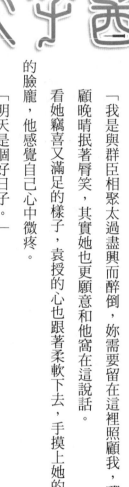

於是她暖暖一笑，點頭應道：「好。」

袁授沒再說話，只輕輕擁著她，直到外頭遠遠的響起鞭炮聲。因為袁授「醉酒」，所以甘泉宮早吩咐下去不要放鞭炮。此時聽著遠處模糊的聲音，過年一事倒顯得那樣的不真切。

他們倆到底還是睡著了。

宮中守歲的花樣不像民間那麼多，過了午夜就沒什麼節目，鞭炮聲響了幾波後也漸漸消弭，袁授與顧晚晴倒在床上說著話，享受這難得的清靜時光，說著說著，都睡著了。

顧晚晴再睜眼已是初一早晨了，她躺在床上，袁授早已不見了蹤影。

叫來青桐問了問，青桐說袁授一早起來便去給太后請安，特地囑咐要顧晚晴多睡些時候，要她在宮內候旨。

顧晚晴自然知道他要自己等什麼，但凡後宮冊立都是須由太后頒旨的，他定是去兌現昨晚說過的話了。

應該沒問題吧？

按理說，她和太后的協定也算是圓滿達成，太后應該不會再阻撓她成為皇后了吧？可話雖這麼說，見識過太后手段的顧晚晴心裡還是有點忐忑，怕出岔子。

青桐笑問：「皇上這麼說便是十拿九穩了，夫人還擔心什麼？」

顧晚晴有點不好意思，目光忽而觸及掌心，掌心裡的一對紅痣鮮豔如血，靜靜躺在她的掌心。她握了握手掌，心裡升起一些不安，並不是為立后一事，而是這段時間以來，也不知是否因為能力運用得太多太勤，這對紅痣越發紅豔了，讓她隱隱覺得有些刺眼。

每當她運用能力時，那些病症作用在她身上的速度越來越快，卻無法如往常一般釋放完全。像對付陳遠升時，她找了許多精神壓力大的人來，將這一群人的症狀轉到陳遠升身上，那時她吸取十數人的微小病症還游刃有餘，也能堅持到喬裝改扮接觸陳遠升，將病症傳去給他而不覺得吃力。可現在，就在年前，她用同樣的方法吸取病症，不過七、八個人，便已覺得體力不支，最後強撐著完成任務，可體內的餘症卻是再也沒能釋放出來。

這樣的情況已不是一次、兩次了。

她曾替自己探診過，症狀雖還沒有那麼明顯，但對她的身體已然造成負擔，若再不好好休養，必然後患無窮。

成了皇后，就不必再做這樣的事了吧？才想到這，顧晚晴訕訕一笑，這只是她與太后的協議，要是將來袁授開口呢？她豈會拒絕？

拍了拍臉頰，顧晚晴把這些雜七雜八的想法甩出腦外，將來的事情將來再說，她除了異能，還有醫術在手，她是個大夫，怎麼就不能把自己的身體調理健康？

這麼一想，她的心情又好了起來，在甘泉宮耐心的等著袁授的消息。

不負所望，沒過多久秦福就一臉喜色的奔進甘泉宮報喜：「夫人大喜，太后欲立夫人為后，十五便行冊禮。」

聽了這個消息，顧晚晴又驚喜，又覺得意料之中，坐在那笑了半天才想起給秦福打賞。

秦福笑咪咪的接過，行了個大禮道：「奴才謝皇后娘娘賞。」

這稱呼聽著倒也順耳，不過顧晚晴還是笑道：「等十五之後再叫。」

秦福呵呵的陪著笑，另一道聲音由外傳入：「就這麼叫。」

是袁授。

顧晚晴連忙起身迎接。

袁授進屋來見她雙眼晶亮喜上眉梢的樣子，不由得輕笑，笑入眼底。「平時怎麼不見妳這麼殷勤？還常常要我伺候妳，我差點都以為我這皇帝是做假的。」

往日他們調笑說話都是私下裡的，今天袁授當著一屋子人的面如此說道，令顧晚晴頓時大窘，眼睛不斷瞄著秦福他們。

袁授話一出口也覺得不妥，但說都說了，還能吞回去不成？便鎮定自若的揮手讓他們退下，一點侷促的樣子都沒有。

「你去太后那……還順利嗎？」顧晚晴頗為緊張的問道。

「順利啊。」袁授似乎心情極好。「我也沒料到，才一提這事，太后就應了，還說十五是好日子，就在那日行冊封禮。」

「真的？」看來太后還是講信用的。顧晚晴總算徹底放了心，拍著胸口長吐一口氣，臉上的笑容更為燦爛，挨到袁授身邊軟軟一笑，拉著他的手行了個淺淺的蹲禮。「臣妾給皇上請安。」

以往她都是自稱「顧氏」，要嘛便是「妾身」，「臣妾」這兩個字，今天是頭一次講出口。感染到她的喜意，袁授臉上的笑容反倒淡了些，捏了捏她的手，「委屈妳了。」

「做了皇后還委屈？」顧晚晴誇張的睜著眼睛。「以後這後宮就全歸我管了，知不知道？你來了也歸我管！」

「好。」袁授應著，眼中盡是寵溺，困擾了他整夜的問題也拋之腦後。總之，他是愛她的，縱使在他心裡或許這江山更重一些，但女人，也只有她一個了。

顧晚晴得了名分，自然是要去謝過太后的。況且今天是初一，她也必定要去，袁授卻是不想再去了，雖然皇帝也有幾天年假，但他的事情實在多得做不完。當下約了晚上一起用晚膳，便去御書房處理政事了。

顧晚晴也不留他，好好打扮了一番，不低調，也不花俏，力求穩重。嘿嘿，皇后不就是個穩重的活嗎？

顧晚晴到了慈安宮時，太后正與娘家哈氏的幾個婦人說話，見了她來，便與她引見一番。那些婦人也都知道太后剛剛下旨立顧晚晴為后，當下十分謹慎客氣，堅持待顧晚晴落坐後，才紛紛坐下。

太后便又指著那些尚未來得及介紹的小輩們道：「這是妳三姨母家的長女，名喚瑾瑜。」

當即一個十六、七歲的女孩兒上前與顧晚晴見禮。

哈瑾瑜生得十分漂亮，與王妃有三分相似，舉手投足也端莊大方。再介紹幾個表妹，也都是款款有禮的。她們的態度十分自然，不像是倉促練就，那麼只能是家風如此。難得哈氏從商數十年，卻仍保持著世家大族的作風，由此可見，他們能成功，並非偶然。

不過，顧晚晴雖然心情好，見了這麼多美貌的表妹，心裡還是犯了嘀咕，這太后固然給了她皇后之位，但……也未必沒有另外的打算吧？

第一百七十二章

【偶遇】

在慈安宮留了整日，陪著太后和哈家的女眷談笑，顧晚晴的臉都快笑僵了。不過一天下來，太后並沒有特別讓哪個表妹露臉，其他的明示暗示更是提也沒提，好像真的沒有其他意思一般，顧晚晴自然高興。

晚上回去陪袁授用膳時，顧晚晴的臉上滿是笑容。袁授也賞了她不少的珍稀之物，似是比她更為開心。

隨後幾天，顧晚晴每日都去陪太后，太后也每天都召娘家親眷進宮相聚，一來二去的，顧晚晴倒和幾個年歲差不多的表妹熟識起來。尤其是哈瑾瑜，這姑娘大大方方的態度尤得顧晚晴好感，也自然親近一些。

到了初十這日，哈瑾瑜與幾個表妹又隨著母親進宮給太后請安，顧晚晴得知後便也早早過去。車輦行至半路就遇上姨母、表妹團正往慈安宮去，於是她便下了車，隨之一同前往。

走了一會，哈瑾瑜與她母親道：「太后與母親、姨母一聊就是整日的，我們也插不上嘴，不如母親與姨母先去給太后請安，容我們幾個小輩在外頭逛逛，稍候再去慈安宮。」

三姨母對這個女兒十分疼寵，囑咐了幾句便放她們一群年輕人去了。顧晚晴也讓三姨母代為向太后告罪，隨著哈瑾瑜等人緩下腳步。

除了顧晚晴和哈瑾瑜，同行的另有三個姑娘，一個同樣也是太后的外甥女，名為溫雅，另兩個分別名為璇璣與琉璃，都是哈氏的族女。

哈瑾瑜提議：「不如一起去賞梅？聽說御花園中有一株綠萼梅，心儀已久，一直無緣相見。」

「好啊。」顧晚晴笑道：「我前天才去看過，倒是較以前越發碧綠了。」

綠萼梅也叫白梅，大多數都是白花黃蕊，但也有個別的花瓣透綠，極品綠萼梅更達到花如碧玉的境界，只是這樣的極品少之又少。御花園裡的這一株，花瓣邊緣是白色的，只有中心透綠，但已是十分難得。

聽她一說，眾人興致更高，只有溫雅，冷冷說道：「再看也不過是幾朵梅花，有何新鮮？」這樣掃興的話也只有她能說出來。這姑娘名為溫雅，可性格既不溫也不雅，常常冷著面孔活像誰都欠她錢似的。顧晚晴初識之時好不習慣，還以為她對自己有所不滿，不過接觸了幾天，見她對誰都是這樣的態度，這才釋然。

聽了她的話，眾人互視一番，都看出彼此眼中的默契，隱隱一笑也不理她，逕自往御花園的方

向而去。溫雅雖嘴上掃興，但還是跟著眾人前往，讓顧晚晴很難理解這姑娘腦子裡到底在想什麼。五個人，加上跟著顧晚晴的青桐，一行六人邊走邊聊，很快就到了御花園。此時園內百物沉寂，也只有那一片梅林映出盎盎生機。

梅林裡的梅花不下千株，卻只有一棵綠梅，於是幾經修整，梅林便以這株綠梅為中心成林，內為白梅，外為紅梅，由遠望去紅豔豔的一片，映著雪色，格外好看。

幾人進了梅林，成片的梅花遠看似海，近觀成畫，一路行來梅香浮動，幾人的興致都高了起來，待到那株綠梅之前，但見葉蕚如翠，花瓣似玉，碧色從梅蕊處由深而淡的漸變出來，在這片潔白雪梅之中，顯得分外別致。

「如此美景，若不吟詠，豈不辜負？」見眾人都不反對，哈琉璃稍稍一想，笑道：「那我就先來了。牆角數枝梅，凌寒獨自開。遙知不是雪，唯有暗香來。」

哈氏從未放棄自身的修養與驕傲，哈氏的女兒自然也不會如尋常女子一樣不通文墨。不過，她話音才落，溫雅便冷聲道：「詩是好的，卻不應景，我們身在梅林之中，既不合『數枝梅』，又不合『遙知』。」

大家都知道她這愛吐槽的性子，倒也未必真有多少惡意，當下也不當真。

哈琉璃假意嗔道：「只是詠梅，有梅就好啊。」

溫雅輕哼了一聲，開口詠道：「畫師不作粉脂面，卻恐旁人嫌我直。相逢莫道不相識，夏馥從來琢玉人。」

這卻是以人喻花了，以己喻梅，言畫師不將自己畫成粉豔之色，是因為其秉性剛直，但朋友見了還是應該知道我，就算我變了模樣，我也不會像夏天的鮮花那樣去打扮成美人。

顧晚晴心中微訝，誦得出這樣的詩，可見這位溫姑娘心中自有天地，對自己的脾性也知之甚深，但她不願改變，寧願自己這樣清高下去，也不願逢迎他人。這首詩讓顧晚晴對溫雅的印象稍有改觀，無論如何，能堅持內心的人都值得尊重。

她心有所想之時，哈璇璣已又誦詩一首，得到了大家的普遍認可。待輪到哈瑾瑜時，她盯著斜上的一簇待開梅苞，沉默了許久。

「數萼初含雪，孤標畫本難。香中別有韻，清極不知寒。橫笛和愁聽，斜枝倚病看。逆風如解意，容易莫摧殘。」

她的聲音清雅縹緲，合著詩意，讓人頗有動容之處。此詩前三句俱是讚頌梅花清雅美意，唯獨最後一句「逆風如解意，容易莫摧殘」，若北風如果能夠理解到梅花的心意，就請不要再摧殘它了，讓人頓覺無限唏噓。

顧晚晴將最後一句低聲唸了幾遍，越唸越有心酸之意，彷彿這話中透著許多喻意，再看哈瑾瑜，也是微微怔著，似有萬般心事。

幾個人都沉浸在這無邊的意境之中，不防青桐突然開口：「夫人，好像是皇上。」

顧晚晴回頭去看，果見不遠處一抹明黃身影晃動。對方似乎也知道自己被發現了，當下大步前來，果然是袁授。

袁授並不是一個人，除了秦福一眾宮人，身邊還跟著幾個宗室子弟和朝中大臣，看樣子也是過來賞梅的。

「妳們好興致，我們倒是打擾了。」袁授說話時臉上沒有多少笑意，這話聽起來也就少了幾分調侃之意，不僅沒讓氣氛放鬆，反而莫名的讓人緊張起來。

顧晚晴等人連忙行禮，待袁授叫起後，顧晚晴才笑道：「我們也出來有點時間了，正要回去給太后請安，就不打擾皇上和諸位大人雅興了。」

顧晚晴身邊的幾個姑娘到底還未出閣，自是不宜在這裡供人觀賞，聞言她們都紛紛福身，打算離開。

袁授看了看哈瑾瑜，「妳上次說的事，朕有點印象，不過時隔太久，已記不清細節了。」

哈瑾瑜微微欠身，落落大方的笑道：「兒時小事，難為皇上還記得。昨日母親還與臣女說，皇上兒時最喜歡去臣女家玩，就為了爬那棵大樹。」

袁授輕輕一勾唇角算是笑過，目光這才轉到顧晚晴身上，眉眼不禁又彎了些。「別人都誦過詩了，輪到妳，妳就要走，耍賴也沒有這麼耍的。」

顧晚晴正好奇袁授兒時的經歷，聽他這麼一說，臉上頓時紅了紅。她肚子裡的確沒什麼墨水，提出要走也不無耍賴的意思，可被袁授這麼說出來，哪裡服氣？當下搜腸刮肚的想了半天，突然記起一個典故，有一首詩倒是應景。

她先將詩默誦一遍，以確保自己記得全部，這才徐徐唸道：「眾芳搖落獨鮮妍，占斷風情向小園。疏影橫斜水清淺，暗香浮動月黃昏。霜禽欲下先偷眼，粉蝶如知合斷魂……」唸到這裡，她心下微動，忍不住望向袁授，見他也正看著自己，心中一暖，不由得垂眼輕笑，低聲繼續吟道：「幸有微吟可相狎，不須檀板共金樽。」

「好詩啊，是梅妻鶴子的典故。」袁授身後俱是飽學詩書之人，自然聽得出這詩文的來歷，當下出聲讚揚。

哈瑾瑜也道：「林君復高潔恬淡，不趨榮利，自甘山中之逸，以梅為妻、鶴為子，趣向博遠，方得如此清新之句，果真難得。」

只有溫雅冷著臉說道：「林君復的詩，格局未免太小，後面自命清高的標榜，也有唯恐不為人知的味道，頗為做作。」

這姑娘……顧晚晴不禁汗顏了一下，難道事事與人唱反調才是個性的體現？

不過，溫雅的言辭倒很得那些大臣和宗室子弟的注意，有幾人還與溫雅論辯了一番，俱在溫雅刻薄的言辭下無功而返。

為免氣氛越來越糟，哈瑾瑜輕輕碰了下顧晚晴，顧晚晴也明白她的意思，當下帶頭告辭。

袁授也沒留，由她們走了。

難道沒聽懂？還是不應景？沒得到袁授的任何回應，顧晚晴心中微感訕然，不過也很釋懷。她文學造詣不高，可能詩裡本沒有那個意思，只有她自己覺得，所以袁授沒理解她的意思也屬正常。

她們一路往慈安宮去，途中幾個姑娘都在問哈瑾瑜與袁授說的話，顧晚晴也正好奇這個，哈瑾瑜笑道：「皇上五歲之前常常到我家中來玩，我院中有一棵大棗樹，有一次他說要摘棗子給我，結果怎麼也爬不上去，他也不許下人幫忙，從此每次來我家都必去爬那棵棗樹，不過後來……」她頓了頓，笑著說道：「這事還是我娘說的，不然我也早就忘了。」

袁授兒時失蹤一事雖不是秘密，但他現在是皇帝，有些事便不能再隨便提了，大家也都明白，就沒再繼續追問。

只有顧晚晴，聽了這事後輕輕一笑，還真是以小看大，他那執著的性子，怕是從小就種下了。

幾人說說笑笑並不覺寒意襲人，沒多久就走到了慈安宮。

正殿之外，早回太后身邊服侍的宋嬤嬤分別見過了眾人，笑著道：「太后有些倦了先去休息一下，另外囑咐各位夫人和小姐在宮中多留一會，待用過晚膳再出宮。」

幾位姑娘自是答應。宋嬤嬤又看向顧晚晴，指著她的鞋子說道：「夫人的鞋子被雪水浸了，奴婢服侍夫人去更換吧。」

顧晚晴低頭一看，果然鞋尖處濕了一小塊，本不打算麻煩宋嬤嬤，但宋嬤嬤已在前頭領路了，她便與青桐跟上，隨著宋嬤嬤來到位於暖閣之側的一處偏殿。進了殿中，宋嬤嬤請顧晚晴稍坐，自己就出去找替換的鞋襪。顧晚晴正好走得累了，便在椅上歇著，青桐侍立一旁。

她們都沒有說話，室內一下子靜了下來，顧晚晴突然隱隱的聽到說話聲，似乎是從隔壁傳來。

「……皇上吩咐的事……邊關……重臣……」

顧晚晴仔細的傾聽，終於確定聲音的方向。她靠近那牆邊細聽，便聽到太后緩緩的聲音。

「此事至關要緊，你一定小心行事。」

「是。」

應答的聲音輕細，顧晚晴覺得似乎在哪裡聽過。此時太后的聲音又起，道：「喜祿，皇上對你十分信任，你切莫辜負了皇上的心意！」

喜祿？顧晚晴一時有點發懵，是……鎮北王派到袁授身邊臥底的那個喜祿嗎？

第一百七十三章

【懷疑】

那邊的對話仍在繼續，顧晚晴卻沒有聽進多少，她一直留意著那對答的聲音，直到確定那說話的人真的是她認得的那個喜祿。

太后的交代以叮囑為多，喜祿態度躬謹一一應著。顧晚晴卻有些茫然，喜祿不是鎮北王的人嗎？難道說……他竟是王妃派到鎮北王身邊的嗎？

不，不對！

剛剛太后分明說「皇上對你十分信任」，這「皇上」指的是……

顧晚晴的腦袋一下子變得有點混亂，許多往事一件件浮現在眼前。

喜祿是奸細的事是袁授親口告訴她的，也是喜祿將她從逃往關外的路上捉回來的，而後喜祿更回到鎮北王身邊……可現在，怎麼又得「皇上信任」了？

莫非是喜祿見鎮北王失勢，所以變節投靠了袁授？

這個可能性很大！

顧晚晴吐出口氣，提著心卻沒有放下，雖然她很想放鬆，可……可她心中總有一個聲音在說：真相……當真如此嗎？

「這偏殿似乎是後來才隔出來的。」

青桐輕輕的聲音自耳邊響起，顧晚晴回過神來，頗不自在的一笑。

正如青桐所說，暖閣中的聲音在這邊聽得如此清楚，正是因為牆壁過薄的緣故，而牆壁上雖然掛了一些裝飾之物，仍可看得出新粉刷過的痕跡。

是有意為之嗎？

先是太后於暖閣中召見久未露面的喜祿，再由宋嬤嬤帶她來換鞋襪。顧晚晴盯著自己鞋尖處的一塊濕痕，不由得想到，大概就算她的鞋子沒濕，宋嬤嬤也會找另外的理由帶她來此吧？

就是為了讓她聽到喜祿之事？

不是顧晚晴多疑，而是經歷過這麼多事後，她怎麼可能再相信這樣的「巧合」？而這場「巧合」的真正目的，無非是想令她與袁授之間心生嫌隙。看來她這個皇后的位置，太后給的實在是很不情願。

顧晚晴也是現在才明白，為什麼最近太后對她的臉色這麼好，不僅一句反對的話都沒有就同意了立后之事，甚至連選妃之事都不再提起，目的，就是為了這個？

那麼喜祿的身分，到底是太后有心布局，還是……還是他真的是袁授的心腹，從頭到尾都是？其實這件事，只需要她回去質問袁授，一切便可水落石出。若是袁授否認，太后豈不是擺明了在破壞他們的感情？

從太后這些時日的隱忍看來，太后是不願意承擔這樣的罪名的，太后還是看重袁授這個兒子的，所以不可能設這麼簡單的圈套給她，一定還有後招，甚至……這就是真相！

慢慢坐回椅中，顧晚晴的腦中已全然被這件事占據，連宋嬤嬤什麼時候回來都沒發現，直到腳上有了感覺，才發現是宮女在替她換上新的鞋襪。

顧晚晴抬頭看向垂手而立的宋嬤嬤。

宋嬤嬤面色自然，見她看去輕輕一笑，「夫人穿著可舒服？」

顧晚晴怔怔的點了點頭。「太后還沒起嗎？」

「是。」宋嬤嬤應道。

「那我就先回去了，晚些時候再來向太后請安。」

顧晚晴突然失了所有興致，但她仍是強打著精神去跟哈瑾瑜等人道別，言笑晏晏，看不出絲毫差錯。

顧晚晴一直留意著宋嬤嬤的神情，見她偶有怔忡，眼中閃過些許狐疑之色，這才出了慈安宮，直接回到甘泉宮。

就算所有的事都是真的，她也不能讓太后知道她已經中了圈套。

這種情況下，太后必然是希望她與袁授翻臉，甚至取消十五的立后大典。

不得不說，太后實在過於抬舉她了。

皇后之位是那麼容易得到的嗎？太后就那麼肯定，她會因為傷心難過，而與袁授嘔氣不做這個皇后嗎？她有那麼傻嘛！有嗎？

「夫人！」

青桐跟在車輦之側，偶然抬頭上望，竟見顧晚晴的臉頰上綴著幾顆晶瑩水珠，不由得驚詫。

顧晚晴緩緩一笑，伸手抹去臉上淚水，沒有說話，望著天際的目光邃遠而深沉，她的情緒在這一瞬全都消失不見，無悲無喜，無傷無痛。

「妳去御書房，跟皇上說我今日身體有些不適，請他不必過來用晚膳了。」

交代完這句話，顧晚晴長長緩緩的吸了口氣，寒涼的空氣吸入肺中，使她精神不少。

不過雖然吩咐了青桐，可待她回到甘泉宮時，卻發現袁授赫然在座，正在書案後專注的批示奏章，連她進來都沒發現。

顧晚晴站在門口怔怔的看著他，五年的時光，雖然他仍然年輕，卻早已褪去了當初的青澀；五年後的他英俊如昔，又因對外的冷漠而增添了一股獨特的氣質。傅時秋說他變了，要她小心他，她總不以為然。以為那些無情冷漠只是他的保護色，在她面前，他仍會燦爛的笑，仍會軟軟的撒嬌，更會像個大人似的將她照顧得無一不周，這樣的他，她怎會懷疑？

或許是她盯他盯得太久，袁授毫無預兆的抬頭，雖然立時現出笑容，可顧晚晴還是從那一剎那見到了他眼中的冷漠與防範，只是見到是她，這才軟化消弭下去。

他對她……是真心的吧？

就算喜祿與他脫不了關係，他愛她的心……是真的吧？

顧晚晴走向他，輕輕的一笑，「怎麼在這？」

袁授丟下手中奏章，向她伸出手，「在等妳啊。」

顧晚晴順從的走過去，將手交到他掌中。

「手怎麼這麼涼？凍著了？」袁授英挺的長眉微微擰起，自然的將她的手拉到脣邊哈氣。「下次不管去哪都乘我的車去。」

顧晚晴望著他的舉動呆了一會，微感寒涼的心絲絲回暖，笑了笑說：「我就是嫌暖轎憋悶才坐車輦，已經過完年了，哪還那麼冷？」

「不冷，手怎麼是涼的？」袁授微微用力將她拉到腿上坐著，歪頭看了看她的臉龐，「臉色也不好，是不是不舒服？」

坐在他的身上，顧晚晴突然覺得一陣倦意襲上。那是從心裡散發出的疲憊，從袁授做了皇帝到現在，她似乎真的好久沒有好好休息過了。

輕輕靠到他的肩上，感覺著他身上的溫暖，顧晚晴忍不住縮了縮身子，讓自己貼得更近一些。

袁授察覺到她的舉動不由得失笑，展臂環住她，不正經的笑道：「這麼想我嗎？當眾以詩傳情還不夠？」

顧晚晴一愣，便聽袁授年輕清朗的聲線在頭頂響起：「芳搖落獨鮮妍，占斷風情向小園。疏影橫斜水清淺，暗香浮動月黃昏。霜禽欲下先偷眼，粉蝶如知合斷魂……」唸到這裡，他稍一停頓，話中笑意更濃，「幸有微吟可相狎，不須檀板共金樽。梅花清美，幸喜我能低聲吟誦，和梅花親近，用不著俗人再以俗世之法來歌頌欣賞它了……妳說的究竟是花，還是人？」

聽到這裡，顧晚晴臉上微紅，他那時沒有反應，她還以為他沒有聽出自己的意思。

袁授擁緊了她，緩緩在她唇上落下一吻，抬眼望來，目光灼灼。「有妳為妻，自是不必再有旁人來看我這枝花的，我也只喜歡讓妳把玩，無須旁人欣賞！」

一瞬間，顧晚晴喉頭微酸，心裡一下子充實許多。

這麼長時間以來，他對她說過的情話不少，就屬這句最為動聽。

「阿授……」她緊攬著他頸項，臉埋在他肩頭，心中疑惑仍在，可她……不願去追究了。

袁授的耐性突然變得很差，她只挨坐了這麼一會，他便壓抑不下的起了反應，正好他也不想壓抑，先對門外吼了一嗓子「不准進來」，顧晚晴還在發愣的時候便被他抱上桌案，而後……

顧晚晴身體輕顫、羞意濃濃的側過頭去，看著散落一地的奏章、紙筆，她只能以這種方式轉移自己的注意，才能忽略身上如潮的快感，忍住不叫出聲來。

身體仍被他一下下的有力撞擊著，他就像一隻永不饜足的猛獸，一次次，了無止境的品嘗著只屬於他的珍饈佳餚。

「還有五天。」他貼在她被汗水濕濡的耳邊，輕輕咬著她的耳郭，「上次我補妳一次婚禮，這次我要全天下的人一同見證，只有妳，才是我的妻子！」

最後話落，他驟然加速，微瞇的雙眼顯示著他的快意與釋放，顧晚晴被他的大力衝撞險些撞下桌去，連忙哆嗦著纏緊了他，咬上他的肩頭，與他一同到達高峰的盡頭。

顧晚晴保持著纏住他的姿勢，不知怎麼眼睛突然有些濕潤。「還有五天……我就是你名正言順的妻子了。阿授，你開心嗎？」

這個問題，袁授在質疑自己情感的時候也曾無數遍問過自己，只是不管他問過多少遍，答案都只有一個！

「執子之手，與子偕老。晚晴，往後的路，無論再艱難也好，我斷不會讓妳再受絲毫委屈！」

堅定的口吻，也不知是對她說的，還是對他自己發下的誓言。

就算他因默認她以異能幫助自己一事而質疑了他對她的感情，他也絕不願事情再一次發生！他是個男人，若須依靠女人才能坐穩這個江山，那麼這個天下，他爭來做什麼！

「好。」顧晚晴緊咬著下唇，埋在他肩上的頭遲遲不肯抬起。「這句話，我記下了。」

第一百七十四章

【皇后】

正月十五，元宵佳節，天下人闔家團圓的日子。對於顧晚晴來說，今天則另有一層含義。今天是她受封的日子，從今天開始，她就是袁授名正言順的妻子，承治帝的皇后。

為了今天，顧晚晴這幾日每天早睡早起，吃食應當，將精神養得好好的。她本生得明麗嬌豔，是明媚的顏色，穿上一襲暗紅色受封吉服，反而為她添上幾分端莊穩重，頗有些國母之風了。

頂著沉甸甸的髮髻，顧晚晴於慈安宮正殿中靜待吉時到來。袁授就在她的身側，端坐於正中，神情肅穆，可稍稍細看，便不難發現他眼中的愉悅。

不知不覺吉時已近，可太后還沒露面。

袁授微不可察的抿了下唇，以目光示意秦福，秦福立時躬身退出，還沒退出殿門，太后身邊的宮人已然魚貫而入，居於正中的正是穿著薑黃底綴褐色萬壽紋樣袍服的太后。

太后今日也是盛裝打扮，面上笑容依舊，到了殿中並未解釋為何晚到，只是淡淡開口：「我們出發吧。」

立后不同於封妃，自然不能在這裡完成儀式。前朝的昭和殿中各式儀制俱已備齊，百官靜待，只等主角登場，昭示天下的立后大典便可開始。

「瑾瑜先在此恭喜皇上、皇后。恭祝皇上、皇后琴瑟和鳴，百年好合。」伴在太后身旁的哈瑾瑜巧笑盈盈，對袁授二人輕施一禮。

袁授輕揚了唇角，眼含笑意的睨了顧晚晴一眼，才對哈瑾瑜道：「借妳吉言，起來吧。」

太后垂目瞥著身側的外甥女，似乎想要說些什麼，但遲疑了一下後，便轉身走向殿外。「走吧。」

立后大典是袁授登基一年以來，第一次在宮中舉辦的大規模慶典，眼下朝堂趨於安定，典禮自然辦得有聲有色，繁華而不沉冗。

忽略那些直諫反對的聲音，顧晚晴硬著頭皮笑完整場。近一年來，袁授雖培植了不少自己的心腹，但朝中畢竟還是泰安帝時期的班底，他們雖承認了袁授的帝位，可對於立后一事還是意見多多，所幸袁授行動在先，大典開始沒有多久便讓人暗中將那些可能會進言反對的臣子「請」了出去，不過難免有些漏網之魚，故而顧晚晴還是聽到了一些風吹草動。

顧晚晴做皇后當然有很多人不服，尤其是自恃身價不低，家中又有女兒的人。皇帝還這麼年輕，如果能爭取到皇后的位置，不僅對家庭利益大有好處，更可以趁後宮空虛之時誕下皇嗣，太子之位在手，榮華富貴還遠得了嗎？

之前因袁授遲遲不立后，許多人都猜測將來的皇后必然出自哈家，本來就是哈家擁立的皇帝，此時再親上加親、勢上加勢，實在是正常不過的事。可除了少數知情人外，誰也沒想到，袁授請太后頒下懿旨，竟立了顧晚晴為后。

顧家，說好聽點是醫學世家。可人人都知道，顧家這個「世家」與范敏之那樣的「世家」是截然不同的兩種概念。而顧晚晴這個「天醫」，只是一個沒品沒銜的爵位，這樣的身分，還不能讓人看在眼裡。

不過，再看不起也好，有袁授的支持，顧晚晴這個皇后是做定了！

上午在昭和殿舉行大典，下午顧晚晴便回到正式屬於她的甘泉宮接受命婦朝賀。而因為她的冊立，她的「生母」周氏的身價自然也水漲船高，反倒是葉顧氏，雖與顧晚晴感情至深，但到底名義上只是乾親，所以未曾得到冊封。

不過，袁授知道顧晚晴的心情，破格晉升葉昭陽為五品太醫院院士，藉機封了葉顧氏為甘泉夫人，與顧晚晴的甘泉宮同出一名，自有深意在其中，也算解了顧晚晴一個心結。

接見了眾多命婦朝賀後，顧晚晴又馬不停蹄的趕到慈安宮向太后謝恩，兼參加宗室的元宵團聚晚宴。直到月掛當空之時，才拖著疲憊的身體回了甘泉宮，整整一天，連個喘息的時間都沒有。

「累了？」坐在御輦上，袁授握住她的手。「靠一會。」

顧晚晴順勢靠到他的肩頭，輕輕合上眼睛。

太后應該很不是滋味吧？雖然剛剛的晚宴上她並未從太后臉上看出不妥，可經歷了前幾天的事，顧晚晴不能不這麼想。

「在想什麼？」袁授的聲音又起。

顧晚晴合目輕笑。「累得只會發呆了。」

「也就這麼一次。」袁授將身上的貂皮斗篷罩到顧晚晴頭上，為她擋去拂面的夜風。雖然御輦之下設有暖籠，但頭臉露在外頭，夜風凜冽，還是寒意十足。

顧晚晴眼前一黑，御輦下設的暖籠暖氣順著斗篷直撲面頰，讓她身心俱暖，同時想到去年的這個時候，她也是躲在他的斗篷中，雖然四周漆黑如墨，卻讓她倍感安全和溫馨。

溫溫暖暖的當下，整日的疲憊都在此刻找上門來，顧晚晴眼睛一閉，便不知天南地北了。

再醒來，周身暖意依舊，身子鬆快不少，她慢慢的睜開眼睛，見自己已在薰香暖帳之中，身上只著中衣，髮髻已拆，完完全全的就寢之態，定是有人替她打理的，而她竟然不知道是什麼時候發生的。

實在是有點累了，顧晚晴偏過頭去，藉著帳外映進的光看向身側，卻並未見人，她也不知現在是什麼時辰，正想起身看看，突然聽見帳外秦福在低聲說話。

「皇上心情似乎不錯？」

他說話的時候另有窸窣聲傳來，伴隨袁授輕輕的一聲「嗯」，想來是正在替袁授著裝。

「有那麼明顯嗎？」袁授接著問了一句。

秦福輕笑，「皇上自己不覺得，可這段時間，眼角眉梢裡盡是笑意呢。」

「是嗎？」袁授的聲音頓了頓，似乎失笑。「難怪最近多得是請封加恩的摺子，都看準朕心情好是吧？」

秦福輕細的聲音說道：「皇上待皇后娘娘之心大家有目共睹，知道皇上開心，他們的膽量自然也大一些。」

袁授沒有說話，秦福又似閒話般說道：「奴才聽清風殿的法師說，有一種祈子靈符，只要日日佩戴，定能早生貴子。」

「哦？」袁授輕哼了一聲，語帶不屑的道：「有子無子都是朕盡力的事，和那些法師有什麼關係？簡直是無稽之談！」

秦福當即噤聲，帳中的顧晚晴倒是紅了臉，什麼叫他「盡力的事」啊……

不過……顧晚晴撫上自己的小腹，說來她與袁授在一起也一年多了，期間並未刻意避孕，怎麼她的肚子一點動靜都沒有呢？連葉顧氏都急了，昨日進宮道賀時還偷偷拉著她說過這事，她的身分受人詬病，如果能在此時得一皇嗣，無論男女，都可以堵住那些人的言論。

袁授與秦福並未久留，沒一會便腳步漸遠。顧晚晴躺了一會也沒了睡意，索性起來簡單用過早膳後，便去慈安宮向太后請安。

「皇后坐吧。」太后欠了點精神，但氣色還好，正在哈瑾瑜的服侍下用膳。

顧晚晴免了哈瑾瑜的禮，對她笑笑，這才坐至太后對面。

「妳現在既為皇后，便要謹守皇后之責，輔助皇上統管後宮，為皇家開枝散葉，確保皇嗣繁昌。」

「是。」顧晚晴起身下拜聽太后教誨，多半是一些場面話，她全都一一應了。

「對於充擴後宮之事，妳有何想法？」

突如其來的問題讓顧晚晴一愣，但只是一瞬，她便恢復常態。

太后阻礙之計不成，要是連這個想法都沒有，那豈不是太不正常了？

「臣妾一切聽從皇上安排。」

太后嘆了一聲，面露不滿之色。「妳是皇后，皇帝既然給了妳管治六宮的權力，何故後宮之事還要勞煩皇帝？」

「臣妾初掌後宮，許多事務都不熟悉，皇上特別囑咐臣妾，盡量不要打擾太后清靜，但凡有事，皆與皇上商量。」顧晚晴低著頭，對答如流。

「皇帝孝心可嘉，不過……」

太后正說到這裡，有內侍進來稟道：「啟稟太后，孫將軍的夫人與孫小姐到了，正在宮外。」

太后面色一緩，回頭與哈瑾瑜笑道：「是妳孫伯母來了，妳去迎迎吧。」

哈瑾瑜滿面笑意的福了福身，立時去了。

顧晚晴暗自沉吟，孫將軍……莫非就是當初圍了宣城的那個孫將軍？他不是對鎮北王忠心耿耿？莫非也投靠了袁授？

正想到這裡，哈瑾瑜已迎了一位四十歲上下的婦人和一位十七、八歲的美麗姑娘進來，那婦人身形削瘦，見了太后笑面盈盈拜了下去。「臣婦林氏，給太后請安。」竟未等她身後的女兒在顧晚晴詫異的當口，孫林氏已然又向她請了安，這才讓出一步，使身後的姑娘露出面來。

「太后，這就是月曉，今年剛滿十八。」

孫月曉纖腰束素，步伐輕盈無比，她上前兩步，於殿中輕輕拜倒，柔柔說道：「臣女參見太后娘娘、皇后娘娘。祝太后娘娘福壽綿長，皇后娘娘萬福金安。」

「小嘴倒甜，抬起頭來。」太后發了話，上上下下打量著孫月曉，看了半天，頗為滿意的點點頭，轉向顧晚晴笑道：「皇后看孫姑娘如何？可能進宮與皇帝為妃？」

第一百七十五章

【怒於無形】

太后說話時笑語盈盈，話中卻含著幽幽涼意。顧晚晴輕抿了一下雙唇，目光投向當中跪著的孫月曉，剛剛離得遠些，只覺她身姿輕盈，走路姿態動人有如翩翩起舞，令人難忘。現在則看得更為清楚，孫月曉容貌姣美，皮膚細白，是個十足的美人，更為難得的是她聽到太后的話後並沒有表現出過於激動的神態，仍是安安穩穩的，給人的印象上佳。

只不過，如果太后說的不是給袁授選小老婆，顧晚晴對她的印象會更好一點。

「皇后？」太后一眼睨來，面上已有兩分冷意。

顧晚晴勾了下唇，而後調整出一個溫婉的笑容，面向太后。「太后的眼光自然是好的。」

太后這才緩了神色，笑道：「那麼皇后就是同意了？」

顧晚晴稍稍欠身，「臣妾沒有意見，一切都聽皇上與太后的。」

「如此甚好。」太后說完，有意無意的看了一眼侍立在旁的哈瑾瑜，然後笑了笑，叫了孫月曉起來，又與孫林氏道：「月曉就留在宮中吧。哀家做主，先封為麗嬪，待有了皇嗣後便晉妃位。」

孫林氏大喜，立時跪下磕頭，孫月曉也跟著磕頭謝恩，端穩的面容籠上了一層淡淡的紅暈。

那抹紅暈刺痛了顧晚晴的眼，她強迫自己移開眼去，專心研究著孫林氏頭上的髮飾，待太后又叫了起，才起身道：「不打擾太后與孫夫人說話，臣妾先告退了。」

太后微一點頭算是允了她，並不慰留，顧晚晴便帶著青桐出了正殿。

才走出來，哈瑾瑜也跟著出來，追上她笑道：「太后讓臣女去請皇上過來坐一坐，皇后娘娘不介意與臣女同行吧？」

顧晚晴笑容淡淡的，邀她一同上了車輦，直到甘泉宮前，二人才分了手。

看著哈瑾瑜繼續前進的背影，顧晚晴於宮前佇足良久，這才進了宮去。

青桐待宮人們離得遠了些後，小聲道：「娘娘怎麼這麼輕易就答應了太后？」

顧晚晴恍了恍神，輕嘆一聲說道：「這種事不是我不答應就可以阻攔的，只能看他……怎麼處理了。」

雖得皇后之位，但上有太后，下有百官群臣，想抵住壓力拒不納妃，絕不是她能左右得了的。

再說袁授，下了朝後便去了御書房，沒一會就得了哈瑾瑜的通報，聽她簡略說了一遍大概，袁授側坐於御案之後，手扶案沿半晌不語。

「皇后答允了？」

突兀的一句話打破了室中的沉默。

哈瑾瑜輕吐一口氣，提起十足精神又謙躬有禮的答道：「是，皇后娘娘也誇太后眼光獨到呢。」

「是嗎？」袁授隨手扯過一本奏摺翻開。「妳先回去吧，與太后說我中午過去用膳。」

「是。」哈瑾瑜微微抬了頭，看著袁授英氣勃發的面孔，交疊在身前的雙手緊了緊，轉開目光輕聲問道：「要不要請皇后娘娘一同用膳？」

「不必！」袁授頭眼不抬，清冷的聲線中不見絲毫情緒波動，全副心神繼續沉浸在那些令人喜憂交加的奏章中。

不知過了多久，袁授疊上最後一本奏摺抬起頭來，眼角一簇碧色晃過，他轉過頭去，便見案頭上置著一只素色長瓶，瓶中插著一枝綠梅，開得正怒。

「秦福。」他淡淡喚了聲。

侍於一角的秦福立時上前，順著袁授的目光望過去，即時答道：「這是哈姑娘送來的，她說剛剛去了御花園，見今日北風凜冽，摧殘花枝，便採回一些開得好的，給皇上、太后和皇后都送了一些。」

袁授立於案後，聽著秦福的話，伸手緩緩觸碰著那枝綠梅，脣角忽的揚起一個似笑非笑的弧度。「她倒是有心了。」

秦福目光連閃，不知袁授這句話背後真正的意圖為何。

袁授卻再不糾結於這枝花，抽手而去。「去慈安宮。」

慈安宮內，孫月曉正在暖閣中給太后撫琴，琴聲宛轉悠揚，又如泉水潺潺，令人耳目一新。

袁授的到來自然打攪了這場琴會，眾人起身相迎。看了眼脣邊含笑的太后，袁授淡淡的開口道：「入席吧。」

在場的除了袁授與太后，還有哈瑾瑜與孫林氏母女，太后先讓孫林氏母女坐了，又將哈瑾瑜安排在了袁授右下首的位置，這才傳膳。

不消多時，一道道精緻誘人的菜餚傳了上來，自有宮女將菜餚分於眾人。太后用了一些菜餚便

停了口，以帕子輕拭脣邊，轉向袁授道：「孫氏德才兼備，哀家與皇后都喜歡，已許了她麗嬪之位，皇帝以為如何？」

袁授聞言，放下手中的嵌銀玉筷，打量了孫月曉幾眼，說道：「琴彈得不錯，皇后可沒有妳這分才藝。」

對面的孫林氏登時面色一白。

孫月曉立時起身下拜。「皇后娘娘聖手仁心，臣妾閒趣小技，不敢攀比。」

孫月曉的態度落落大方，應答得體，絲毫沒有侷促之感，太后很是滿意，對著孫林氏讚許的微微點頭。

孫林氏陪著笑，可那笑容欠了幾分真心，又有幾分失落。

「皇上既然如此滿意麗嬪，今夜便留寢吧。」太后說著，叫過身邊的內侍，「去敬事房宣掌事內侍過來，為麗嬪記檔。」

孫月曉跪在那裡並未聽到袁授叫起，心中正有忐忑，忽聽太后這麼說，面上不由得微紅，又沒聽到袁授的反對，心中更是羞意濃濃不敢抬頭了。

太后見袁授沒有反對也十分滿意，心中更舒暢了，臉上的笑意也多了幾分，與孫月曉道：「快起來吧，往後要用心服侍皇上，和睦後宮，多為皇上開枝散葉。」

孫月曉輕聲應了，站起身來正要入座，袁授那冷清的聲線又起。

「過來伺候朕用膳。」

孫月曉固然穩重，可第一次近距離接觸袁授，還是忍不住心中緊張，稍稍定了定神這才過去，從秦福手中接過分食的玉盤、玉筷，立於袁授身側。

孫月曉的服侍十分周到，動作也沒有生澀之感，顯然是有練習過的。只是她心中緊張，動作就越發拘謹，但也挑不出什麼錯處。

袁授看起來很是受用。

「倒酒。」袁授隨口吩咐。

孫月曉連忙從秦福手中接過酒壺，對準案上小巧的酒杯微傾壺體，酒液剛剛注入杯中，冷不防袁授突然伸手拿起酒杯，孫月曉的手輕輕一抖，一簇酒花不可避免的錯過酒杯，淋在袁授的手上。

「皇上恕罪！」孫月曉再沉穩也只是個未出閣的姑娘，這種情況下終是慌了，連忙取出紗巾欲替袁授擦拭，可那輕若浮煙的紗巾還未觸到袁授的手，一股大力已將她揮了開來。

「大膽。」

袁授的話平平靜靜，甚至並沒有加重語氣，卻讓孫月曉寒從心起，「咚」的一聲跪在原地。

「皇上……」

太后的話只開了個頭便被袁授搶去。

「這串碧璽手鍊乃是皇后相贈，妳以酒濺之，是否對皇后有所不滿？」袁授說話時微微伸手，露出袖下腕上的一串七彩碧璽手串。「妳初入宮闈便目無尊上，麗嬪，妳可知罪？」

孫月曉已然懵了，只是偶然失手，何以被罩了這麼大的帽子？再看袁授手上的酒漬，雖有向腕中下延之勢，但也只有少許沾到了手鍊之上，可關鍵是她剛剛並沒有看到什麼手鍊，這手鍊藏在袁授的袖中，何來她有意以酒濺之，目無皇后之語？

孫月曉覺得委屈，立時申辯。

袁授的臉色卻是越發陰沉，聲音也陡然冷厲：「不服管教，巧言令色，如此心計之婦，豈配侍駕？著廢去麗嬪封號，降為庶人，移居長清宮，無朕旨意，不得出宮半步！」

孫月曉正有滿腹委屈未訴，乍聽此言，只覺得腦中「嗡」的一聲，手中一直捧著的酒壺再也無力捧住，摔於面前，殘酒碎瓷濺了一身。

長清宮，那是冷宮！她才封嬪位便遭貶斥，更被打入冷宮，饒是孫月曉素來冷靜，此時也難以接受這樣的結果，摔了酒壺後癱坐在地，雙脣囁嚅顫抖，卻是連話也說不出來了。

「秦福。」

袁授淡淡的喚了一句，秦福立時上前，指揮人將癱軟的孫月曉與求饒磕頭不停的孫林氏扯了出去。大殿重歸寧靜，袁授擦乾了手示意秦福布菜，面色恢復平靜，竟似什麼事都沒有發生過一般。

「皇上！」袁授的有心為之引得太后勃然大怒。「麗嬪何過？遭皇上無故廢黜？」

「一個嬪妃，太后何必如此生氣？」袁授並沒有直視太后，反而看向下首稍顯緊張的哈瑾瑜，勾了勾脣角。「逆風如解意，容易若摧殘。妳的詩誦得好，花更好。」

哈瑾瑜駭然色變，立時跪倒，袁授英挺的相貌此時看在她的眼中就有如洪水猛獸，縱然太后在側，她仍忍不住聲音發顫：「這詩是臣女自未婚夫婿摘抄的詩集中記下的，竟得皇上稱讚，可見臣女的未婚夫婿眼光獨到。」

「哦？」袁授輕笑，「妳已有未婚夫婿了？」

「是。」哈瑾瑜不顧太后怒目，答得堅定而迅速。

「如此……甚好。」袁授收回目光，「將來妳成婚之時，朕為妳親自主婚。」

哈瑾瑜躬謹叩首。「臣女，謝皇上。」說完，隱覺後背微潮，竟是被冷汗濡溼了。

太后的臉色蒼白，周身都在微微發顫，顯然已氣到極致。「皇上……」聲音似從牙縫中擠出來，「擴允後宮廣衍子嗣乃順應天道之事，皇上因何拒絕？」

到底太后是忍了下來，沒與袁授當面翻臉。

袁授卻無視太后心意，定定的望進太后眼睛，眼底冰冷無限。「為何，朕與太后交代過了。此次權當太后無心，再有下次，太后封幾個，朕就廢幾個！」

第一百七十六章

【失去】

袁授的後宮中人員不多，發生什麼事總能第一時間遞到顧晚晴耳中，此次廢黜之事亦不例外。這應當算是袁授登基後，他後宮中發生最為重大的事件了。

顧晚晴揮手讓秦福派來報信的小內侍下去，重新拿起適才放下的書，看著書，心卻不在書上。她輕輕嘆了口氣。

「娘娘怎麼不高興？皇上這麼做都是為了娘娘呢。」冬杏這段時間在宮內不見風吹雨淋的，調養得極好，從前那個怯怯的小丫頭出落成了一個水靈靈的大姑娘，又因顧晚晴不拘著她，她又是皇后身邊的紅人，在宮中吃得開，所以她的性子也較以前活潑不少，更敢於說話了。

顧晚晴微感心煩的又放下手中的書。「我沒有不高興。」她看著哈瑾瑜送來的那瓶綠梅。「我知道皇上對我的心意，只是……我不知道他能堅持多久，更不知道我們能堅持多久。」

雖然已經決定好好的跟他走下去，但他現在是皇帝，身負著一些不可拒絕的責任，又有太后在旁監管，他拒絕得了一次、兩次，那八次、十次呢？他們往後的路還很長，往後幾十年的時光中，他能一如既往的堅持下去嗎？如果他在五年、十年後堅持不住，那麼那時的她又剩下些什麼？

或許和他在一起這件事本身就是錯的，只是當時情之所至，根本計較不到以後。現在短短一年多的時間，他們之間的問題已然出現，她甚至沒有丁點解決的辦法，只能依靠於他。

平靜的下午過得悠閒而漫長，袁授的御輦於晚膳前準時停至甘泉宮外，他的步伐快速而輕盈，捲著室外的寒意進入殿中，先除去貂皮斗篷，在門口旁的熏籠邊烤去一身涼意後，這才挨到顧晚晴身旁。

他小心的不發出任何聲音，以免打擾到合目酣睡的顧晚晴。

站至她身邊，他抽出她手中的醫書，又坐在榻前，定定看著她的睡顏。

顧晚晴睡得很熟，氣息悠然綿長，好久才一個呼吸，袁授不由自主的隨著她胸前的起伏呼吸，有幾次險些氣盡，才又見她吸了氣。

來回幾次，袁授突然覺得自己好笑，驟然現出個笑容，伸手輕覆在她的手上，感受著她暖暖的溫度，他心中更為安穩了些，今日在朝堂與後宮積攢的一些不佳情緒漸漸消減，他緊了緊手，小聲喚道：「起床了。」

連叫了幾聲，顧晚晴微微睜了下眼睛，迷茫著向袁授伸出雙臂等他過來。

袁授傾過身去任她抱了一會，輕笑，「今晚吃什麼？」

顧晚晴嘟囔了一句，袁授歪了歪頭，見她的口型是「吃你」。

袁授樂了，傻樂傻樂的，湊到她頰邊香了一個，拍拍她的臉，「乖，先吃飯，再吃我。」

顧晚晴直到此時才完全清醒過來，臉上紅了紅，卻也不放開他。她轉個話題：「我想接我娘進宮住段日子。」

「嗯。」袁授一邊示意秦福去備膳，一邊應道：「我來安排。」

他們沒有談起今日廢黜的事情，她沒問，他也沒說，兩個人隨意說著話。沒過一會，秦福進來輕聲道：「皇上，晚膳備好了。」

袁授拉著顧晚晴起身，見秦福有些欲言又止的模樣又停下。「怎麼？」

「太上皇醒了，想見皇上。」

袁授想了想，仍是拉著顧晚晴前去用膳，他並不急著去見鎮北王，但是也吩咐了一句：「讓他醒著。」

鎮北王中了毒，日日昏睡一事自然與袁授脫不了關係，袁授也沒有讓他那麼早醒的意思，所以他這一睡就是大半年。

顧晚晴早有心去見鎮北王問他一些事情，都因不想破壞袁授的計畫而未能成行，現在聽袁授如此吩咐，不由得心中一動。

「不准妳去見他。」

袁授突然出聲，顧晚晴呆了呆，才意識到他說了什麼。

「我的頭痛症沒有關係，已經不會犯了。」

顧晚晴怔怔的看著他，很長時間忘了說話。

袁授無奈，輕握了一下她的手，「他是不會死心的，有機會定會反擊。別讓我擔心，別去見他，好嗎？」

他的指尖微涼，眼中卻飽含著濃重的憂慮。顧晚晴的心頭被驟然泛起的暖意緊緊包裹，輕輕點了點頭。

她的確是想去問問鎮北王，袁授當初吃的九轉靈竅丸到底是什麼東西，從何而得。這大半年來

她幾乎查遍了顧家的醫典與宮中的秘本，也沒查到這麼一種藥，袁授的頭痛症在她心中始終是一塊心病，如果能從鎮北王口中得到什麼有用的訊息，哪怕沒有解藥來源，也會為她指引一個新的方向。

顧晚晴答應了，袁授輕輕一笑放開她。用過晚膳後交代她先睡，他便連夜離開了甘泉宮。

整整一晚，袁授都沒有回來。

第二天下午，得了旨意的葉顧氏便入了宮。母女二人相見自然分外開心，又召來已在宮內行走的葉昭陽，三人團聚，其樂融融。

葉昭陽已經十五歲，雖然才和顧晚晴一般高，但不再是那個只會瞪眼耍無賴的小孩子了，他穿著五品太醫院士的官服，極力挺著稍嫌瘦弱的胸膛，板臉扮嚴肅的樣子讓顧晚晴笑得直不起腰來。

冬杏雖然才滿十九，可在顧家的時候就常常照顧顧家母子，也算是看著葉昭陽長大的，言語上免不了虧他幾句，葉昭陽全都充耳不聞，挺直著身板端架子，又讓眾人笑了個夠。

當天晚上，顧晚晴留葉顧氏在自己寢殿中過夜，特別差人去通知袁授讓他今夜不必過來，這一舉動引得葉顧氏好大的惶恐，連連規勸顧晚晴要溫順體貼，顧晚晴笑著應了卻也不放她走，葉顧氏無法拒絕，只得依著她在甘泉宮睡下。

到了晚上，葉顧氏又不免左右囑咐顧晚晴，只說袁授現在的身分不比以前，她不能再動不動就發脾氣。顧晚晴靠在她身邊靜靜的聽著，挑她換氣的工夫把袁授廢黜麗嬪的事說了一遍，葉顧氏張著嘴半天沒說出話來，最後嘆了一聲。

「他如此待妳，也不知是妳的幸，還是不幸。」

顧晚晴笑笑，就那麼挨在葉顧氏身邊睡了。

葉顧氏卻輾轉反側直到半夜才昏昏睡去。等葉顧氏均勻的呼吸聲響起，她身邊的顧晚晴倒睜了眼睛，眼底清明一片，哪有絲毫睏倦之意？

顧晚晴睡不著的原因有很多，多到她不願一一細數，剛剛裝睡也是不想葉顧氏擔心，現在正好，她早想替葉顧氏看看身體狀況，眼下正是好時機。以往葉顧氏入宮每次都是那幾件事，不是問她和袁授相處得如何，就是問她有沒有受孕，再不然就是不知從哪求來的求子靈符成把成把的塞給她，讓她根本無暇去問別的事情。

摸上葉顧氏的手腕，顧晚晴凝神細聽，沒過一會，面上漸現安心之色。葉顧氏身體底子不錯，只是最近養胖了不少，驟然發胖，對臟腑形成壓力，以致肝腎稍有不調，並不是什麼大問題。

顧晚晴拿出天醫玉，就在試圖運起異能的時候，她的胸口突然感覺一陣鈍痛，身上瞬間出了一身冷汗，周身如同虛脫一般痠軟無力。她張了張嘴，卻連音節都沒能發出一聲，胸口的痛意如同潮水般迅速蔓延至全身……那感覺就像一點火光落入油中，火勢猛烈燃開一般，一點停留的餘地都不給她。

到底怎麼了？是異能的反噬嗎？

顧晚晴咬緊牙關，勉力抬手一看，手心中原本紅得妖豔的一對紅痣此時赫然灰暗無光，似乎被抽走了一切生機。

這到底是……

顧晚晴的思緒戛然而止，幾個呼吸間，便已陷入無邊的黑暗中……

這一定是上天對她亂使用異能的懲罰。

這是顧晚晴重拾意識後的第一個想法。

上天給了顧還珠如此逆天的能力，自是希望她仁濟天下、醫治世人的，可她卻用來害人，用來剷除政敵。

現在上天要收回這項異能了嗎？還是如同她來時一樣，她……又要回去了嗎？

後一個想法讓顧晚晴不可抑制的顫抖起來。

不！她不想回去，收回她的異能吧，讓她變成一個普通人，留在這裡，留在袁授身邊，讓她繼續陪在他的身邊。

口不能言，可心中的哀求始終持續……她不要走，她不想走！

猛一用力，光亮毫無預警的刺入她眼中，顧晚晴難過的呻吟一聲，重新閉上眼睛。

「晚晴！」

耳邊響起的是葉顧氏喜極而泣的聲音，顧晚晴仍是想睡，可她不能讓葉顧氏擔心，便又小心的睜開眼來。「娘……」她想說，對不起，讓您擔心了。可見到葉顧氏的模樣，這句道歉死死的卡在她的喉中，無法吐出。

葉顧氏微胖的身軀此時又重新消瘦下去，面色焦黃，眼中布著細密的血絲，不必細問也能知道是熬夜過多所致，可……

顧晚晴抓住葉顧氏的手，「我睡了多久？」

葉顧氏緊緊的反握著她的手，早已泣不成聲，哪裡還能回答她的問題。

「妳整整昏迷了一個月。」

清柔的聲音在顧晚晴耳側響起，顧晚晴的目光飄開，去尋找聲源，不期然見到一張溫婉美麗的面孔，是顧明珠。

顧明珠雙脣輕動，繼續說道：「妳已有了一個多月的身孕。」

第一百七十七章

【身孕】

身孕……顧晚晴似乎一下子沒有反應過來，就那麼怔怔的盯著顧明珠看了半天，開口卻是問道：「妳怎麼在這？」

她已經很久沒有見到顧明珠了，自鎮北王倒臺，曾有心與她聯合的顧明珠也像失了蹤，大半年來沒有出現過一次，就連召顧家的人入宮，也沒人提起過顧明珠。

「我怎麼不能在這？」顧明珠微微一笑，她已經二十二歲了，褪去了所有的青澀，她就像她身上穿著的淡黃色衣裙一樣，讓人感到舒適而溫暖。

「我是受召入宮為妳治病的。顧家大夫雖多，但除了妳，並沒有能與我一較高下的女大夫。」她著重強調了「女大夫」三字，而後一笑。「皇后娘娘金軀，自是不能人人碰得的。」

顧明珠的話中並沒帶著面對皇后時的小心謹慎，顧晚晴也不願與她計較這麼多，恍了恍神，伸手探向自己腕間。顧明珠靜靜的等著，看顧晚晴的神色由喜轉驚，再化為凝結不去的憂慮。

「察覺到了？」顧明珠只問了這一句話。

顧晚晴急忙翻手察看，便見手心中的紅痣如同她昏迷前那般暗淡。她默默運轉能力，卻是一絲感覺也沒有，不由得呆住。

在她身邊的葉顧氏急著問道：「怎麼了？可是身體不舒服？」

「沒事……」顧晚晴勉強笑笑。「剛醒來還有點累。娘，我想喝粥，您親自幫我做好不好？」

葉顧氏連忙去為顧晚晴準備食物後，顧晚晴這才頹然的靠上床頭，腦中混亂一片。

她確實是有了身孕，剛剛月餘，若不仔細探察甚至不會發現。可同時失去異能的壓制，她體內往日堆積的毒素全部爆發，讓她的身體呈現出強度不低的中毒現象，如果不能儘快消除體內毒素，那麼就算這孩子能平安降臨，也免不了被母體的毒素侵襲，後果未知！

「妳有異能在身，為何還會中毒？」顧明珠問道，秀致的眉眼間盡是不解之色。

頻繁抽取病氣未經釋放，反而注入他人身體，造成毒素沒辦法及時清除以致堆積體內一事，顧晚晴自然不會說，只讓她看了看自己的雙手，盡量平靜的說道：「我的異能，已經失去了。」

顧明珠目光連動，似是在辨別顧晚晴這句話的真偽。她沒有忘記，五年前顧晚晴也是號稱失去了異能，但最後她仍依靠異能從自己手中奪取了天醫之位！

可現在……她還有必要騙人嗎？她已經是皇后，是帶給顧家無限尊榮的人，她現在的身分已經比「天醫」高上不知多少，就算她失去異能，顧家同樣會將她視為最重要的家族成員，不像自己……顧明珠輕輕垂下眼簾，暗暗撫平心中情緒。

其實，異能的失去也屬正常，機緣巧合之下，顧明珠曾看過只傳承給大長老的家族秘錄，其中記載了顧家天醫的神奇天賦，這種異能本身就會隨著時間經過而逐漸退化，時間最長的異能持有者也只保存了異能到四十歲那年，四十歲之後異能全失，剩下的只有醫術，所以顧家才會如此重視天醫的傳承和選拔，絲毫不敢懈怠。

難道顧晚晴已經到了這個時候？

顧明珠猜測多多，顧晚晴卻已想到了另外一件事。「我懷有身孕一事，皇上可知道嗎？」

顧明珠掃她一眼，不問反答：「妳想讓他知道？」

顧晚晴動了動脣，輕輕合上眼睛，嘆了口氣。

「妳體內的毒素根深蒂固，這一個月來我用盡辦法也沒除去分毫，我猜這應該與妳失去異能有關，普通藥物根本奈何不得分毫。這種情況下妳應該知道，這孩子生下來也會是個毒人，若妳異能還在，尚能為他醫治，可如今妳能力全失，何苦再生他下來受罪？」

顧明珠的話如同利針般扎在顧晚晴心上，可她明白，顧明珠說的對。

她曾多麼期盼能與袁授有個孩子，可沒想到竟會是這樣的結果。

見她又發起呆，顧明珠繼續說道：「如何決定全在於妳，若是不留，妳的辦法也不會比我少，我便告辭了。」她逕自收了自己的藥箱針包。臨行前她突然笑笑，「妳不問問我現在在做什麼？」

顧晚晴抬眼望去，顧明珠語笑盈盈。「我是皇上親自賜封的護國靜法仙姑，等職於欽天監監正，掌占問星象運理，為我大雍趨吉避凶。」

「什麼？」顧晚晴忍不住皺了皺眉。「妳竟甘心去做這種事？」雖然她不喜歡顧明珠，但顧明珠一身自幼修習的醫術，如果就此埋沒，也當真可惜了。

「既然皇上信任，我為何要拒絕？」顧明珠笑著搖搖頭。「我真不忍再打擊妳，但有一件事我卻想說。妳當如今的太上皇當初為何信任於我？因為我不僅幫他找到了兒子，讓他得到了哈氏的繼續支持，又時時幫他監視王妃與袁授的舉動，這些年幫了他許多忙，而我所求的不過是掌控顧家，這讓他對我沒有戒心，覺得無論何時都能將我掌控在手心。對他而言，我是一顆沒有威脅卻很得力的棋子，所以他用得放心。」

聽著這些話，顧晚晴並沒有太過驚訝，這個問題她早就想過，得到的結論也與顧明珠所說相差不遠，可她覺得顧明珠想說的並不僅僅如此。

「妳覺得……袁授遠在千里之外的邊關，我是如何知道他的動態，又能上報給王爺的？」顧明珠習慣了對鎮北王的稱呼，一時半會還真不好改。她有意停頓著，看顧晚晴眼中漸起的疑慮與越見蒼白的面孔，然後緩緩一笑。「正是他授意的。」

顧晚晴只覺得心中一緊，又聽顧明珠繼續說道：「在他有了自己的暗中勢力之後，他派人來說服我。我只是想讓自己、讓顧家榮耀無限，為誰效力並無區別，我沒理由拒絕他，從那時起我效力的就是袁授，當今的皇上。我猜，這些妳都不知情吧？妳以為他跟妳一樣不喜歡我的算計，卻不知我憑藉著這幾分算計，才在他身邊站穩了腳。當日王爺許親，他並沒有拒絕，只是因為妳，他才捨了我，包括我留在水月庵，全是他的安排。」

說到這裡，她眼中閃過幾許嘲弄。「妳現在雖貴為皇后，卻也永遠被禁在這深宮之中，宮外的事若沒人告訴妳，妳便永遠不會知道。」

這些話在顧晚晴的耳際繚繞，她眼睜睜看著顧明珠出了殿去，可思緒卻游離在身體之外，她不願相信聽到的每一個字，可心底又有另一個聲音告訴她，這些都是真的，她對袁授的瞭解太少了。

可這又能說明什麼呢？袁授騙了她嗎？若說騙，這件事甚至沒有喜祿那件事對她造成的衝擊大，連喜祿之事她都能放下，連他不計方法留下她，她都不再追究，那麼顧明珠的這番話，又能給她帶來什麼樣的打擊呢？

輕輕撫上自己依然平坦的小腹，一種奇異的、血脈相聯的感覺不可抑制的湧現出來。她微微收手，還抱著自己的小腹，剛剛在腦中閃現的決定悄然息去，目光變得沉穩而堅定。

她要留下這個孩子，不止因為她捨不得這個來之不易的生命，還為了她因顧明珠剛剛那一襲話而產生的痛苦和壓抑。

如果在感情的世界中她註定無法得到圓滿的勝利，那麼她至少還有孩子來化解她心中日益漸深的猜忌與懷疑，她願用這個孩子來占據自己多餘的時間，讓她不再有多餘的精神去猜疑一切。

再次仔細探了探自己的脈息，她強烈的感覺到腹中的另一個存在，與其並存的是她體內驅散不去的毒素和手心紅痣的變化。它們之間似乎有著一絲奇異的聯繫，喜脈的脈息強，毒素反應便強，紅痣就更為暗淡；喜脈的脈息弱，毒素的反應便也弱，紅痣則微微泛紅，似乎另有生機。

觀察著三者之間的相互變化，顧晚晴心中愈加肯定，若沒料錯，她此次異能的消失定與這個孩子有關，如果將來孩子誕生，她的異能或許有機會恢復，一旦如此，她的孩子就有救了！

為了驗證自己的想法，顧晚晴不敢有絲毫含糊的觀察著脈象與紅痣間的聯繫，所有猜疑統統被她拋至腦後，她現在有更重要的事要做。

吃過葉顧氏親手熬的米粥，顧晚晴的精神好了不少，也能起身下地了，只是葉顧氏仍不放心，一個勁的問她為何發病，現狀如何。顧晚晴自然是報喜不報憂，除了安慰就是安慰，葉顧氏雖然不通醫道，但也不是糊塗人，知道顧晚晴不願說，她也只能暗自嘆息，更為仔細的照顧著女兒。

從葉顧氏口中顧晚晴得知，袁授這一個月來除了上朝就陪是在她的身邊，人也熬瘦了不少。葉顧氏不是個會誇張的人，顧晚晴聽著她的描述，心中時而失落、時而滿足，一時間又陷入矛盾糾結之中。

正當此時，殿外響起急促的腳步聲直朝內室而來，珠簾掀起，剛剛還在討論的人切實的出現在面前。他並沒有馬上過來，而是駐足在簾外，以指尖拉開珠簾，微側著頭望進來，神情中那期盼又小心的模樣，似乎不敢相信她真的醒了一樣。

第一百七十八章

【保胎】

「參見皇上。」葉顧氏見到袁授，便跪了下去。

顧晚晴沒有攔著，她固然心疼葉顧氏，但禮不可廢，袁授現在是一國之君，絕不可開太多先例，以免被人詬病。

袁授讓葉顧氏起來，這才進了內室。他一步步走到顧晚晴面前，由上自下打量著倚靠在床頭的顧晚晴，良久良久，長長呼了口氣。

正如葉顧氏所說，他的確瘦了不少，雖然衣著整潔、一副精神抖擻的模樣，但他眼下有著化不開的黑影，眼中也像葉顧氏一般滿是血絲，顯然熬得不輕。

「到底怎麼回事？」請葉顧氏先出去，袁授坐到床前，握住顧晚晴的手。

顧晚晴想了想，還是沒有說出毒素的事，只是道：「許是因為懷了身孕，引起了異能突變，待我生產完畢，能力恢復，就不會再有事情了。」

「真的？」袁授眼中有著解不開的擔心與疑慮。

顧晚晴看到的卻是他並沒有因身孕一事而驚喜或驚訝，便明白他已經知道她有了身孕以及她身有毒素一事，可笑她還差點相信顧明珠，以為真對他隻字未提。

多事。

「我何時騙過你？」顧晚晴說完笑笑，心中感慨嘆了一聲，她沒騙過他，可他卻瞞了她許多許多事。

袁授似乎有些激動，他合上眼睛，握著她的手一直在細微顫抖著，半晌睜開雙眼，「晚晴，我希望妳能生下我們的孩子，但如果他的存在威脅到妳的生命，我不願要他。」

他的話讓顧晚晴十分動容，反握住他的手，緩緩一笑。「放心，我會儘快找到壓抑體內毒素的辦法，孩子會平安出生的。」

讀出她眼中的堅持，袁授不再說話，只是輕輕一點頭，而後挨到床上來輕擁著她，撫著她的小腹，怔怔的看著也不知在想些什麼。

過了一會，顧晚晴覺得肩頭一沉，扭頭看去，卻是他靠在她的身上睡著了。

她有了身孕，這本應是件大喜事，可現在卻變成了一種負擔，不僅沒讓他們感覺到喜悅，反而帶來濃重的憂思。

袁授睡得極沉，在秦福的幫助下放倒在床上也沒醒過來，只是緊緊抓著顧晚晴的手，怎麼也不鬆開。

顧晚晴無法，只能躺在他身側，想著自己心中的盤算。

第二日清晨，顧晚晴在一陣窸窣聲中醒來，望向身側已經空無一人，起身挑開幔帳，便見袁授正在穿戴朝服。

「怎麼不多睡一會？」袁授揮開秦福忙碌的打點，走到床邊坐下。「我今天大概會晚回來一點，妳有什麼想要的只管吩咐人去辦。」

「我想召幾個人入宮商討我的病情。」顧晚晴細數道：「顧長生、大長老、顧長德，還有……顧明珠。」

袁授目光微微一閃，點頭道：「好，讓秦福這就去宣。」

顧晚晴笑笑，又縮回被子中，轉過身去睡她的回籠覺。

大長老與顧長德早在宣城城破之時就被袁授尋到，大長老自然還是回長老閣繼續做大長老，顧長德回到京城後則深居簡出，潛心鑽研醫學，雖仍頂著家主的名頭，但大多事務都由代家主顧天生去做，完全是一副培養繼承人的架式了。

顧晚晴叫他們來是為了共同研究自己體內的毒素，要聯合他們之力尋找壓抑毒素的辦法。至於顧明珠，顧晚晴想了又想，覺得她的醫術不用可惜，畢竟是關乎自己性命的大事，多一個人也多一分把握。

再次醒來，已是日上三竿，顧晚晴下地活動了一下，只覺得自己神清氣爽精神無比，若不是探脈象有異，她怎麼也不像是一個身負奇毒之人。

憑著以往的經驗，顧晚晴知道宣人入宮看似簡單，但一來一回的至少也得幾個時辰，便不著急，叫來青桐替自己打扮齊整，又與葉顧氏共用早膳。

「怎麼一直不見太后過來？」顧晚晴昨天就好奇了，按理說她昏迷了這麼久，太后就算再不喜歡她，她也畢竟做了皇后，怎會如此不聞不問？連她醒了也不過來看看，也沒有差人過來探視。

葉顧氏想了想，似乎也開始覺得奇怪。「開始幾天太后還時常過來的，不來也會派人送些藥材補品，不過後來就再也沒見她了，連送東西的人也沒再來過。」

這倒奇了，顧晚晴覺得像太后那樣善於做表面功夫的人，是怎麼也不會讓自己面子過不去的，她不來就定然有她無法前來的理由。

侍立在一旁的青桐低聲開口道：「似乎是皇上懷疑了什麼，認為娘娘的病與太后有關，去過一次慈安宮，而後太后就再沒來過。」

難不成認為太后給她下毒？顧晚晴搖搖頭，從心底否定了這個可能，便不再去想。

饒是秦福做事麻利，顧家的人還是到近午時才入了宮，面見顧晚晴。

顧晚晴現在的身分不同往日，眾人相見自然要大禮參拜，眾人並無不適，只除了顧明珠。

顧明珠的禮儀敷衍至極，顧晚晴自然不會以為她是不熟禮節，只不過懶得與她計較，便讓他們都入了座。

摒去其餘人等，在座四人都是知道顧晚晴身負異能之事的，顧晚晴解釋起來也方便，但仍是未說以異能除去政敵一事，只說是異能使用的後遺症，遺留了一些毒素在體內。

大長老與顧長德在顧晚晴昏迷期間都曾被袁授召進宮中請脈，只不過他們是男人，整日留在顧晚晴身邊實屬不便，最後就讓顧明珠做了顧晚晴的專屬大夫。

「娘娘的病症形如中毒，症狀卻像是慢性疾病一樣，不發作時看不出異樣，只能從脈象中體察一二。」歷經換帝風波的顧長德較之前蒼老許多，但精神極佳，半退隱的生活讓他格外舒適。「此毒素盤踞娘娘體內頑固異常，若沒有身孕，可以再以猛藥試之，但娘娘現在的身體……」他搖了搖頭，沒再繼續說下去。

顧長德說的話是事實，在座的人都清楚，顧晚晴更清楚。

「今天找你們來不是為了驅散毒素。」顧晚晴身子微傾，內心微感急迫。「我只是想留著這個孩子直到他出生。只要他能活著出生，無論用什麼方法，都可一試。」

這話說得明白，只要能讓孩子活著，不讓毒素在孩子出生前要了他的性命，任何猛藥都可一試，不計後遺症和副作用。

顧長德微一眉，看了眼一直在為顧晚晴診脈的大長老，以及在旁垂目不語的顧長生，搖了搖頭，道：「恕老臣直言，娘娘如今異能已失，生產過後異能到底能不能恢復還是未知數，如果一旦沒有恢復……」

顧晚晴置在身前的一隻手緊了緊。「若不能恢復……」她突然聽到自己發顫的聲音，才知道自己竟然如此害怕。

「現在討論這個問題沒有意義。」顧晚晴閉了閉眼，驅走心中泛起的點點恐懼，手觸上自己的

小腹。「我找你們來，目的是留住這個孩子。如果這個孩子留不住，還談什麼以後！」

顧長德看起來是不贊同保胎的，但顧晚晴堅持，他也不好再加以反對。

一直搭脈的大長老突然睜開眼睛，與顧長生道：「長生，你怎麼看？」

顧長生抬眼，沒有回答大長老的話，反而看向顧明珠。「靜法仙姑似乎有辦法，不妨先聽聽她的意見。」

大長老便看向顧明珠，顧明珠好整以暇的一笑，神態輕鬆。

「其實，這個辦法大家都知道，要保必滑之胎，只須以艾炙之法取中脘、足三里、脾俞、腎俞、內關穴點刺燒艾。皇后娘娘毒素凝重，腎虛血熱，又須加曲池、太衝、太溪、復溜幾穴，同時施以耳針，取耳上各穴，子宮、卵巢、肝、脾、腎、胃穴，每次取二至三穴，留針一刻，隔日一次，每日再以上脘、中脘、下脘、氣海、關元、脾俞、腎俞等穴推拿，配合以保胎湯藥，何愁胎象不固？」

顧明珠說完這番話，似笑非笑瞥了顧長生一眼，又道：「能保全諸位的名聲，我不介意做一次惡人。」

顧長生並沒看她，一雙漆黑的眼睛直盯著顧晚晴，等待她的決定。

顧晚晴沒讓他們久等，甚至沒怎麼思索，直接開口道：「若並無再好的方法，這法子，我願意一試。」

艾炙保胎，這法子她如何不知？只是這方法凶險，尤其顧明珠所說的數法並行，將之效果加強數倍，強留胎象，不只對母體是極大的傷害，對胎兒的傷害也是難以逆轉，如果將來一旦她的異能無法恢復，那麼她自身和胎兒的損害將是無法想像的。

這也是顧明珠那句話的由來，若孩子保住了而顧晚晴異能未恢復，那麼提出此法保住胎兒的她，自然是要招至無數詬病的。

大長老沉聲道：「妳可考慮清楚了？損害母體強保胎兒，太不值得。」

顧晚晴輕吐一口氣，垂下眼去。「我願一試。」

大長老稍一沉吟，跟著嘆道：「既然如此，我便傳明珠一套艾炙秘法，我與長生也會每日入宮，一起配合為妳保胎。」

顧晚晴欠了欠身。「有勞大長老了。」

大長老點點頭沒再說什麼，帶著顧長生與顧長德匆匆離去。

看著他們的背影，顧明珠脣角晃過一絲嘲弄的笑容，轉頭看向顧晚晴，笑道：「如何？可看清他們的嘴臉了？為了這個可以穩固妳地位、為顧家帶來榮耀的孩子，他們不惜賭上妳的性命呢。」

第一百七十九章

【嫉妒】

看著顧明珠溫婉的面上譏諷一閃而過，顧晚晴收回目光，淡淡的道：「我與他們之間的關係本就不甚親厚，若是無利可圖，我倒要疑心他們為什麼要幫我、會不會用盡全力幫我了。」

聽她這麼回答，顧明珠似乎有些詫異，抬頭看向她，正對上她轉回來的視線，她眼中的平靜讓顧明珠十分彆扭，心中也隱感不適。

「倒是妳。」顧晚晴輕輕一笑，「妳為何要替他們擔下這個惡名？妳的目的又是什麼？想看我怎麼死在妳的猛方之下嗎？我竟不知道京城明珠居然也有為了一個男人，甘願淪為嫉婦的一天。」

顧明珠的笑意緩緩收起，面色不明的盯著顧晚晴，似在等她繼續說下去。

顧晚晴也沒讓她久等，「其實從一開始，妳的目標就是他吧？從妳為鎮北王效命的第一天起，妳滿心謀算的人都是他！就算他不來找妳，想必妳也有辦法將自己捆綁在他的戰車上，一步步的接近他，一步步的占據他的心裡位置。妳以為妳終會等到那一天，可惜妳算錯了他的執著。」

顧明珠抿了下雙脣，置於身前的雙手第一次輕顫起來，雖然她馬上將其藏入袖中，卻並未瞞過始終留意著她的顧晚晴。

「這個結論，我也想了很久。」顧晚晴平緩的述說，「當然，妳做得很好，許多針對我的事並不確定是不是妳做的，只有水月庵一事，我無論如何也想不通，依妳這麼冷靜的性子，若妳要的只是權勢，豈會在庵中與劉側妃配合欲要置我於死地？就算妳想報復我奪婚之惡，也絕不會使出那樣下流的手段，汙了自己的雙手！可事實上妳不僅做了，還不惜藉聶清遠之名將我引去。妳與聶清遠私交甚好，若非真有把握，怎會以他之名行此齷齪之事！」

對於這番猜測，顧明珠不置可否。

顧晚晴又道：「讓我確定這一想法的不僅於此，還有妳對我的態度。」

見顧明珠抬頭，顧晚晴笑道：「以前我們還是普通敵人時，妳無論多恨我、多討厭我，見到我的時候還是會笑得天衣無縫，讓我覺得妳真不恨我。但昨日我醒來後，妳看我的目光，和妳臨行前說的話，無一不透著幽怨之意。今日妳如此爽快的擔下惡名，生怕說晚了我不會採納一般，更讓我堅信了自己的猜測。顧明珠，妳在嫉妒我，妳千方百計的想要害我，妳以為我當真不能奈妳如何嗎？只要我對他透露一星半點，妳以為妳還會這麼好好的坐在這跟我說話嗎？」

「就憑這個？」顧明珠的情緒漸漸穩定下來，輕輕一笑。「這只是妳的猜測。妳以為只憑猜測，毫無證據的就能說動他把我怎麼樣嗎？」

顧明珠的神情沉穩而自信，下頷不自覺微揚著，似在訴說她內心的嘲弄，殊不知她這種神情落在顧晚晴眼中才是真正的笑話。

「我倒好奇，妳喜歡他什麼？」顧晚晴突然改了話題。

顧明珠迎上她的眼睛，沒有任何迴避，著著實實的對視，眼底盛著不知是嘲弄還是真心的笑意。「那妳又喜歡他什麼？一個騙妳的男人，妳喜歡他什麼？」

「我喜歡他對我的用心。」不管是否出自真心，面對顧明珠，顧晚晴這麼說：「至少他還肯騙我，不願我見到他冷漠薄情的一面。但對妳，他又給了妳什麼？」見顧明珠不語，顧晚晴哼笑，接上之前的話題：「證據？我要那種東西做什麼？以他對我的感情，妳以為我還需要用『證據』來說服他嗎？只要我說是妳，那就一定是妳。」

顧明珠脣角輕顫，搖著頭，現出一個緊繃的笑意。「我勸妳別把自己看得太高。」

「我才要勸妳。」顧晚晴鬆緩了坐姿，直到此時，直到她看到顧明珠的緊張，她才徹底放鬆了精神，緩緩笑道：「別總把別人看得太低。」

袁授是對顧明珠無意的吧？不然，但凡袁授有丁點心意表露，顧明珠也不會是現在這副強自鎮定的樣子！

「行了，妳走吧。」顧晚晴站起身來，「我會與大長老說，為我施針一事無須妳來進行。妳放心，在我沒有想到怎麼處置妳之前，我是不會告訴他那些事，讓妳那麼快絕望的。」

目送顧晚晴儀態端莊的消失在門外，顧明珠的身體微微一震，整個人鬆軟下來倚靠在圈椅之上，面色是從未有過的灰敗。

「讓靜法仙姑回水月庵替我祈福禱告吧。」晚膳之時，顧晚晴徵求著袁授的意見。「行嗎？」

袁授已聽了顧晚晴有所保留的保胎計畫，正在琢磨，聽了這話不由得一愣。「不是由她來為妳施針嗎？」

「只是耳上和足上的穴位，大長老經驗豐富，由他來施針更為妥貼。」顧晚晴解釋完，又問道：「行嗎？」

袁授眉間微蹙，似乎有些不願，但看看她，再一思索後便點頭應下。「依妳。」

顧晚晴輕笑，伸手為他多夾了些他愛吃的金絲窩窩。「你對我真好。」話雖這麼說，可心中總是為他那瞬間的遲疑微顯凝重。

將顧明珠送回水月庵，只是因為她想告訴顧明珠，她說的話並非虛張聲勢，她絕對有能力實現那些話！可這種志氣在袁授的遲疑面前，險些成了一個笑話。

「妳那方法……真沒有危險嗎？」袁授沒有發現顧晚晴的異樣，心事重重吃著玉碗中的食物。

「有些危險，但不致命。」顧晚晴心裡也有事，神遊許久。「大長老的醫術我信得過，如果是由顧明珠來施針，或許幾個月後我便不會坐在這跟你說話了。」

這話有賭氣的成分在裡面，袁授卻未在意，這讓顧晚晴不禁氣結，認定了他那時的遲疑是不願放走顧明珠。正當她氣悶不已之時，突聽袁授問道：「大長老醫術那麼好，不知可會隔衣取穴？」

「自然是會的。」顧晚晴冷冷的答道：「那又不是什麼稀罕的本事，我也能。」

袁授點點頭，再不說話。顧晚晴險些被心裡的火氣憋到內傷，若是別的事，他瞞她騙她，她都沒有這種感覺，只有這件事，事關男女之情，她最有自信的男女之情，她竟如此在意、如此善妒！

憋悶了整整一夜，顧晚晴的心火在第二日天明時達到鼎盛，卻又在收到了袁授莫名的禮物時而消減大半。她拎著那雙雪蠶精絲襪去盤問袁授，正在勤政殿努力上進的袁授從堆積如山的奏章中抬頭，朝她燦然一笑，「大長老不是神乎奇技嗎？妳穿著這個讓他下針，以免腳上著涼。」

看著他眩目的笑容與滿滿的誠意，顧晚晴發現，自己的另一半怒意也在不經意間煙消雲散。她啼笑皆非的拎著襪子回到甘泉宮，相看半天，終是忍不住哧笑出聲。

還說她善妒，和袁授一比，她的善妒程度大概連小學都沒畢業吧！

他怎麼不弄個耳套給她啊！

當然，這只是想想，顧晚晴可不想提醒他，讓自己真的收到那種東西。

在皇帝詔曰之下，顧明珠以最快的速度前往水月庵，替皇后及未出生的皇嗣祈福。顧晚晴不知她出發時的心情如何，希望不要太差。

收到顧明珠離京的消息，大長老又特地入宮與顧晚晴秘談了一次，確定了最後的保胎辦法，雖然冒險，但顧晚晴願意嘗試。

轉眼之間，又是一個月過去，顧晚晴的孕期已有兩個多月，大長老的艾灸秘法果然見效，顧晚晴的胎象穩固不見絲毫差錯，就連那些越發顯得凶猛的淤積毒素都無法奈胎兒如何。那些毒素擴張到一定程度後，蔓延速度已然趨於平穩，而顧晚晴只是稍感虛弱，如果能一直保持下去，她必能順利生產，不會威脅到生命。

事情似乎都在往好的方向前進，突然沒了消息的太后也終於露面，說是因為身體原因在慈安宮休養兩個月，顧晚晴當然不會去追究真假，隨她去說。再者，顧晚晴看得出太后對這孩子還是十分重視的，對自己的笑容中也多了幾分真心，每日問候關懷不斷，讓顧晚晴頗有些受寵若驚的感覺。

不過也有美中不足之處，袁授太忙了。

自開春以來，袁授就鮮少到後宮來，據說是袁攝那盤踞邊關的外祖劉光印在裝了一年的絕世忠臣後，終於耐不住寂寞，在邊關動作頻頻。袁授已下旨讓他回京述職，可他的行程是一拖再拖，不是今天病了就是明天家裡有事，最後連操辦白事的殺手鐧都用上了，袁授只得一邊撫慰他、一邊忙著抽調兵力前往邊關。

只是劉光印在邊關根基雄厚，手下又都是鎮北王以往的擁護者，袁授派去的人不是被暗中打壓就是莫名惹了官司，這讓袁授十分發愁，可拿劉光印又沒有辦法，只能一道道的詔書如雪片般發下。別說，最後倒也真起了作用，劉光印終於上表，說家中事畢，已然出發前往京城述職。

第一百八十章

【算計】

劉光印的「奉旨」回京並沒有讓袁授放鬆下來，反而讓他更為警戒。一個人，是絕不會在明知回京將有撤職甚至丟了性命的危險時仍然回來的，還不是有後招？

於是袁授依然忙碌。除了劉光印這事，還有許許多多的事務，大到邊關戍防，小到修建河堤，祭天奉祖、百姓安康，每天都有各式各樣的奏章如同雪片般由各地飛到他的御案上，他要忙死了。

顧晚晴則恰恰相反。

時間轉眼到了四月，顧晚晴小腹微凸，已能看出有孕的樣子。除了每日的保胎流程，她依舊很閒，但她極力讓自己過得充實些，每日翻看醫書古籍為自己和袁授尋找醫治之法，倒也不會無聊。

這天大長老與顧長生一如既往的入宮。顧晚晴摒除宮人，躺在窗下的貴妃榻上，拉起裙角露出雙足，看大長老已打開針包，她輕吸一口氣，努力的放鬆身體。

「何苦如此？」顧長生已點燃了秘製艾條，看到她的樣子不由得搖頭。「虧妳能忍得這麼久。」艾灸期間他主燒艾，與大長老的針灸每人一足同時動手，然後再換另一足。

顧晚晴沒有言語，怕自己開口洩了好不容易積攢出的底氣。大長老的艾灸秘法固然有效，但母體受到的痛楚實非常人能忍，常常一次下來她都是冷汗淋漓，只是極力忍耐，才沒有痛呼出聲。

只是一刻鐘，很快就過去了。顧晚晴每天都這麼告訴自己，可也只有自己知道，這一刻鐘對她來說有多麼漫長。那種疼，折磨著她的心骨，明明疼得難忍，卻又似差了那麼一點，好像再多一點她就會叫出聲來，可就因為缺了這麼一點，又讓人覺得可以忍受。若只一次還好，但她已經歷了六十多次，還有近兩百次等待她去體驗。

「今日有個姑娘尋到顧家來，說是要找娘娘。」大長老備好了針，隨手從懷中摸出個金釧出來，交給顧晚晴。「她拿出了這個。」

顧晚晴接過來看了看，這金釧的樣式看著有點眼熟，一時間又想不起來在哪裡見過。「她叫什麼名字？」

大長老動手施針。「程織。」

程織……顧晚晴在大長老和顧長生離去後很久才想起這個姑娘。前年冬天，她和袁授還在宣城外的軍營中，袁授帶她去了一個村子，從那裡尋得了左東權，也認識了程織。當初她的確給過程織一只金釧，讓她將來入京便來顧家找自己，只是那時她怎麼也沒想到再見面時自己居然做了皇后。

想起那時程家人的豪爽熱情，顧晚晴頗有感觸，不過一年多的時間，她竟覺得恍如隔世。

本想讓葉顧氏出宮一趟去見見程家的人，不過想想後，顧晚晴又打消了這個主意，讓青桐去找袁授轉述此事，並建議由左大將軍出面接待，一述往日舊情。

迎上青桐不解的目光，顧晚晴壞笑，大致解釋了一下，又道：「左東權不是自我感覺良好嗎？他不是不想沾惹麻煩？我就偏偏送個麻煩給他！」

青桐聽罷微有遲疑，但也還是去了。她前腳才出門，後腳太后就進了甘泉宮。

這些天，太后隔三差五就會出現，態度之親切，顧晚晴早已見怪不怪了。

「瑾瑜的婚期訂於立秋之時，妳是參加不上了，瑾瑜十分惋惜呢。」太后輕輕嘆了一聲。

顧晚晴自是明白她在嘆什麼，哈瑾瑜出嫁，恐怕最惋惜的人是太后吧？顧晚晴也是聽討好的秦福說了當日之事，才明白哈瑾瑜那綠梅的用心。回想當初她們親和交好的情景，顧晚晴心裡就一陣陣的嗤笑，當真是人心隔肚皮，這件事再一次教育了她，防人之心不可無。

說到哈瑾瑜，顧晚晴不免又想起一個人。那個還未正式冊封便被廢了名位的孫月曉，她在冷宮之中倒待得安穩。顧晚晴原本覺得她是受了無妄之災，索了袁授的旨意放她出宮，她竟不領情，還揚言要做承治帝後宮中的第二位妃嬪，哪怕是個廢妃！對此，顧晚晴只能翻翻白眼，再不理她。

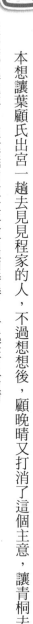

與太后聊著天，不覺說到朝堂之事。許是因為劉側妃的關係，太后對劉光印的印象極差，言辭之中多有批判，最後提到他還朝一事，頗為擔心，接著提及去年那些告老的臣子，話裡話外似有暗示。不過顧晚晴如今自顧不暇，哪還有能力摻和這些事，都只笑笑，權當沒有聽出那些話外之音。

這時青桐回來覆命，礙於太后在場，她並沒有多說便要退出。

太后卻叫住了她，端詳她一陣，與顧晚晴笑道：「清風殿的法師說哀家命中少水，要多帶水命之人在身邊，哀家四處查找，卻沒幾個合眼緣的，哀家看青桐倒是順眼，性子也溫柔，不如寫下八字交予道長算算可是水命之人？」

聽完太后的話，顧晚晴心中一翻，太后雖是詢問語氣，可話中之意卻是在向她要青桐過去了，想太后身邊要什麼人伺候沒有？只獨獨缺一個青桐？什麼水命之人，顧晚晴壓根不信，只覺得這老太太才消停沒幾天，又不知要出什麼么蛾子了。

「好啊。」顧晚晴嘴裡答應著：「等她寫好了就送到清風殿去給法師看看。」只是看看，她可沒說要把青桐送人。

太后卻笑笑，「何必這麼麻煩？哀家正要去清風殿，青桐便隨哀家一同去吧。」

顧晚晴的笑臉抽搐了一下。「正好，臣妾也要往清風殿去為腹中的孩子祈福，不如我們與太后同行？」她是死活都不放青桐單獨出門的。

太后想了想，突然打消了念頭似的道：「罷了，妳還是按原計畫的時間去，別這麼緊趕慢趕的以免閃失，還是哀家先去，青桐再陪皇后去。」

青桐躬身應聲，神態恭謹端莊。顧晚晴心中暗暗點頭，果然沉穩啊！不想她感慨還沒發完，待太后出了門，青桐身子猛然一晃，伸手扶住身邊的矮几，看向她時，眼中已蘊淚光。「小姐……」

青桐的穩妥是顧晚晴最喜歡的，也正因為如此，她才能為自己換回賣身契，可今日竟慌得叫錯了稱呼，可見心中的無措。

顧晚晴當然明白青桐在擔心什麼，不只青桐，連她也隱隱有些預感，太后要青桐過去，恐怕打的還是以往的主意，只不過這次兵行暗招，想用她自己的人來對付她。說來說去不就是小妾通房那一套嗎？顧晚晴恨得直咬牙，可她現在大著肚子，後宮又空無一人，的確易招口舌，就連葉顧氏也提過要不要尋一些信得過的姑娘進宮，用以分擔顧晚晴身上的壓力。

怎麼辦？送青桐離開？顧晚晴搖搖頭，這不是什麼好辦法，沒有青桐還有冬杏，沒有冬杏也可能是甘泉宮的其他人，她身邊不可能不留信得過的人，而這些人，都將是太后的目標。

「青桐，妳想過嫁人嗎？」顧晚晴突然問道。

青桐一慌，「沒有別的辦法了嗎……」

看著她飽含著複雜情緒的眼睛，顧晚晴笑了笑。「不是，只是突然覺得……妳也該嫁人了。」

青桐比她還大兩歲，今年二十四歲了，在這個年代，是個貨真價實的老姑娘了。

「奴婢……從未想過……」青桐心慌意亂，沒有留意語氣中的遲疑，顧晚晴卻留意到了。

「先不說這事了。」顧晚晴坐久了腰有些痠，讓青桐扶自己進屋躺躺。「太后今天空手而歸，定然不會甘休。從今天起妳隨時在我左右，不要離開我的視線，我有辦法應付她。」

青桐不知是因為心中驚懼還是因為別的原因，淚眼矇矓止也止不住，更讓顧晚晴堅定了內心的想法，這件事，一定另有內情。

因為心裡惦記著青桐這事，顧晚晴親自去了紫宵宮等袁授回來，氣鼓鼓的訴說太后想為他納通房丫鬟的事，又一遍遍的囑咐他一定要咬緊口風，千萬不能一時大意上了太后的當。

袁授失笑，笑不可抑，將連日來朝堂上的那些煩擾都沖淡了些，只覺得她挺著肚子氣呼呼中訴的模樣怎麼那麼好玩？有心想逗逗她，拿這事開開玩笑，可看到她每日進補依然蒼白的面色，惹她著急的話便怎麼也說不出口，只是應著：「好。」

見他答應，顧晚晴這才放心了些。袁授不想她為這種事情分神，便道：「我已讓東權去接程家的人了，聽妳的，安置在他府中。東權為了這事，鬱悶了好久。」

這個消息總算讓顧晚晴的心情好轉了些。鬱悶？她要的就是他鬱悶！當下便將左東權曾經「警告」青桐的事情說了。「到處開屏，他以為他是孔雀啊！」

袁授不知道他們之間還有這種過節，算算時間都過去快半年了，不禁同情起左東權來。都說女人記仇，原來是真的，不過左東權那又臭又硬的脾氣，有人治治他也好。

「東權說明天要送程家母女進宮來給妳請安，我看他那樣子，怕是想藉機擺脫，不如……咳！」他很想嚴肅的，但說話時卻忍不住勾著脣角。「不如讓他明日隨程家母女一同入宮，他怎麼帶她們進的宮，再讓他怎麼帶出去，可好？」

顧晚晴頗為鄙視的瞥向袁授。「你好歹是一國之君，居然這麼算計自己的臣子……咳，就這麼辦吧！」

第一百八十一章

【決定】

第二天，程氏三口入宮，帶著他們的自是百般不願的左東權，看他足下微跛冷眼黑面，不知內情的還以為他身負了什麼血海深仇。程氏三口本就戰戰兢兢，見此情景更是一句話也不敢多說，只管低頭跟在他的身後。

越臨近甘泉宮，左東權的氣場越強，他本打算送程家三口入宮後就甩手不理，不料袁授的口諭早到一步，由誰帶程家人入宮這樣的小事也需要聖上口諭？這事沒鬼就怪了！

本來他可以找袁授開脫一下服個軟，不過他是誰？他是掌管護京禁軍的都統領左東權！他身殘志堅！他壯志凌雲！他這輩子凶過、狠過，就是沒怕過！不就是顧晚晴想報復往日舊怨嗎？就算她現在貴為皇后，那也是一個女人！一個女人的報復，他會怕？

相較於左東權的戰意燃燃，程氏三口的心裡都是惴惴難安，賣了田產轉戰京城本就是一次冒險的遷徙活動，但他們只是想給自己謀個更好的出路，想讓自家的女兒將來配個更好的夫婿，而不是守著那個小村子，靠山過活。

可他們萬沒想到一轉戰，竟轉戰到了大雍朝最為神秘的地方來了。

「大郎……」程大嫂走了半天，又累又驚，雙腿都有些軟了，鼓足了勇氣開口想歇歇，卻是叫錯了，想改口，可剛剛那股勇氣已然消失，只能捉緊了自家男人的衣袖，低頭趕路。

程義固然生性豪爽，可也沒見識過這樣的場面。陪著程織拿金釧去找顧晚晴時，他們並沒存著投奔的心思，只是想看看故友。可金釧遞進去沒兩天，他們就聽說顧家的六小姐如今是當朝皇后，當時便把他們嚇得不輕。又過一天，左東權從天而降，雖然他沒解釋什麼，可從他的穿戴與隨行的侍衛也可看出，這根本不是在他們小村待了數年的袁大郎啊！

早知道就不訪這個友了！程義頗為後悔當初的舉動。這些貴胄之人流落小村說不定只是一時心血來潮，時隔這麼久，哪還會記得他們是誰？就算他們記得，如今身分也是天差地別，往後再無交往之理，左右都是斷交，何必再進宮一次，給自己找不自在！

程義雖是這麼想，但想到往日與左東權把酒言歡的情景，也是不由得心頭發黯，他打獵謀生的本領還是左東權教的，如今他也憑著這一技藝與京中某家皮貨店達成了短期合作關係，闔家穩定，一切都是那麼美好，如果再能聚上三五舊時好友，該是多麼快意！怎麼就變了呢？

程義感慨不已，腳下卻不敢怠慢，與程大嫂亦步亦趨的跟在左東權身後。

相比於他們，程織的步伐稍慢，不是她趕不上，而是她太難過了。

「袁大郎」在一年多前離開了村子，她那時就想，他是一定要來京城與「家人」相聚的，如果她將來有一天也能到京城來，說不定他們之間的關係不會再像以前那樣毫無進展。懷著這樣的憧憬，她一直收著顧晚晴送她的金釧，為的就是來到京城後再聯繫他們。

可她沒想到，竟是這樣的結局！

護軍都統領，她以前聽也沒聽過這樣的官職，據說是由皇帝親自領導，只受天子之命，這樣的人，她如何配得起？

一家三口心思各異，忐忑不安的隨著左東權到了甘泉宮外。

那裡早有宮人等待，見了他們，那個年輕的白臉內侍笑道：「左統領辛苦，皇后娘娘正等著大人與三位舊友呢。」

程氏三口不由得更為緊張，進入宮門時程織因過於緊張腳下一絆，馬上被身邊的宮女及時扶住，程織臉上通紅，連連小聲道歉。

左東權聞聲腳下一頓，回頭說道：「別緊張。」

短短三個字，足矣讓程織從自己的難過中清醒過來。她心中一暖，望著已然轉過身去繼續前進的左東權，輕咬下唇，已失望至極的心中又有什麼東西鼓動起來消散不去。

就在左東權踏上甘泉宮正殿臺階時，一道窈窕的身影從殿中出來。

是青桐。

見到他們，青桐垂下雙目避至一旁。待人快步進入殿中，她這才稍有急迫的抬頭看過去，卻不想正撞進一雙陰鬱眼中。青桐心中一慌，連忙轉開眼去。可偷看之時被人抓個正著，她仍是不禁耳根微熱，久久不散。

左東權是出於軍人特有的警覺才察覺到青桐的目光，與之對視一眼，他很快認出了青桐，不過看到青桐微紅的雙頰，他不由得沉下目光皺了皺眉，這才跟上程氏三口的腳步，進了殿去。

顧晚晴早在殿中等著他們，見了程氏一家，記起許多舊事，難免提及以往。可程家人拘謹非常，就連向來大大剌剌的程大嫂都不禁額上冒汗小心陪笑。顧晚晴實在感到彆扭，就讓葉顧氏陪著他們，自己則叫了左東權，出了殿外。

顧晚晴到了外面就沉下臉，也不廢話，開門見山的說道：「現在我給你個選擇。要嘛我去與皇上說，給你賜一樁好婚事，全了程織妹妹的心願；要嘛……」她一指不遠處的青桐。「去和她道歉，你對她說過什麼渾話，一一給我吞回去！」

左東權眉頭皺得更緊，臉上的長疤因此而微微扭曲，看起來更為駭人，他沿著顧晚晴的指向看向青桐，目光漸冷。

「皇后娘娘。」他開口，聲音有如金戈鐵石。「管教別人之前是否該查明真相？我與她說過的話我記得，但，恐怕也沒冤了她！」

顧晚晴一瞪眼，「沒冤了她？你真以為她看上你了？我家青桐到哪不是搶手貨？你也不照鏡子看看自己的模樣！看上你？我呸！」

左東權滿頭黑線。「請娘娘注意言辭！」

顧晚晴記恨他可不是一天兩天了，哪肯聽他說？當下列舉了青桐種種好處不下數十項。最後她一揚下頷，「你呢？你數數，除了你這張難看的臉、難聽的聲音，時時刻刻想給皇上扯皮條的忠心外，你還有什麼好處！」

聽著顧晚晴的細數，左東權緊抿的脣角忍不住發顫，他在心中再次同情了他擁戴的皇帝大人一次，開口沉聲道：「娘娘忘說了一樣，為臣還有一條打不斷的跛腿！」

顧晚晴沉默了一下，再次開口，話裡話外帶著無盡的鄙視：「這可不是我說的啊，我給你留過面子了，是你自己自揭瘡疤，可別想去皇上面前告狀！」

別理她，別理她！左東權在心中默唸數次，壓下心頭咆哮的萬頭草泥馬，再次轉回自己的正題：「為臣還有皇上的信任，有重職在身，有錦繡的前程，在富貴榮華面前，為臣外貌的缺憾不足道哉！」

一句話說得顧晚晴柳眉倒豎。她的怒氣還未及發，不遠處的青桐恍惚一笑，面上帶著些許的蒼白走上前來，看得細些，她眼中又藏著些難掩的難堪。

青桐朝顧晚晴拜下身來，輕吸了一口氣，微顫著聲音說道：「娘娘，今早奴婢收到顧家的信，說是我嬸母如今病重需要人照顧，奴婢可否出宮照顧一二？待嬸母病癒即刻回宮。」

顧晚晴一愣，她是真沒跟上青桐的思維。

她曾找秦福打聽過，青桐之前對左東權的確不錯，還常常帶些點心、水果什麼的找理由給他送去。大概也正因為如此，左東權才警告青桐不要對他用情。可那時青桐並沒說前情，顧晚晴著實是一知半解的便恨上了左東權。

但現在細細一想，青桐對左東權青眼有加，未必不是那日自己隨口開了他們玩笑的緣故，所以顧晚晴總覺得自己有一份責任在身，就算不能成全青桐，也不能讓她受了委屈，定是要給她出氣的！可沒想到……她這思緒怎麼這麼跳躍呢？怎麼就……關嬸母什麼事呢？

「妳……」顧晚晴「妳」了半天也沒「妳」出什麼頭緒。

青桐在說完這些話後卻似鬆了一口氣般，神色再不見之前的緊張為難了。

「娘娘，奴婢不在的期間，娘娘多多保重。」

竟是在告別了！

幾個時辰之後，夜幕降臨之時，青桐走了，左東權出宮了，程氏三口也回家了，顧晚晴想起這事時還是一陣陣的氣惱。

她到底在忙活什麼勁啊！

那個又臭又硬的左東權就算了，連青桐這樣溫柔有加的都跟著添亂，說走就走了，全然不顧她這個皇后的拒絕，當她太好說話了是吧？她平時把她們寵上天了是吧？

滿肚子的怨氣沒處倒，最後只能倒到袁授那。

袁授呢，只能接著。

不過，袁授今天的精神不太好，雖是聽著顧晚晴的抱怨，卻常常不在狀況內，除了有一句沒一句、前言不搭後語的安慰她，就總是盯著她出神，把顧晚晴看得直發毛。最後顧晚晴終於忍不住小心的問道：「你是不是也有苦水和我倒啊？沒關係，都倒給我好了。」

袁授忽然別開眼去。「有些事，妳不聽也罷。」

「怎麼不聽？」顧晚晴坐到他身邊去，笑著說道：「不是有句話，分享快樂，可以使快樂加倍；分享煩惱，可以讓煩惱減半。我剛才對你發了那麼多牢騷，現在心情好多了。」

「妳不怪東權和青桐了嗎？」袁授心不在焉的問了句。

「其實……」顧晚晴長出了一口氣。「左東權那個人，的確是討厭了點，但他也有許多優點，我只是不喜歡他總想讓你聯姻罷了，但我知道他有這種想法也是出於對你的忠心，又怎會真的恨他？我做這些事，只是希望青桐能開心，現在她做了這樣的決定，不管是死心也好，是逃避也好，我相信她都是經過深思熟慮的，既然她不會後悔，我又何必強人所難？她的未來如何，只有她自己有資格決定，我們這些外人又何必擔心？」

聽罷這些話，袁授輕笑。「妳倒看得通透。是啊，她的未來只有她自己有資格決定，可若是……她的決定……有誤呢？」

顧晚晴想了想，輕鬆一笑。「那就及時改正吧。」

呼出一口氣，袁授垂眼，笑著點點頭。「不錯，那就及時改正。」

第一百八十二章

【流胎】

養胎的日子，顧晚晴悠閒而平靜。

到了四月中旬，遲遲未歸的劉光印終於回京了，可就在進京之前還拿了個喬，說自己舟車勞頓病體沉痾，硬在京外待了三天，最後還是袁授派了重臣與數名御醫前往，才把劉老大人請進宮來。

劉光印此次回京可謂孑然一身，就老哥一個，連個親信都沒帶，盤纏也帶得不多，進京後更是厚著臉皮要袁授包他的吃住，還說什麼邊關苦寒，將士缺衣少食，要朝廷給予貼補，一副死豬不怕開水燙的樣子。

事實上，他也的確不怕燙。據袁授說，他入京前便已把邊關的一切都交付給了自己的兒子，也就是說，如果他這次一去不返，那麼他兒子就可以伺機而動；如果他能回去，則一切照舊，袁授在京裡做他的大皇帝，他在邊關做他的土皇帝。

這是赤裸裸的試探啊！

不論哪種，袁授都不想選，最好的選擇是拘了劉光印再拿下他的兒子劉合，重奪邊關兵權，但事情沒那麼簡單。

劉光印的隊伍雖然也屬鎮北王麒麟軍的一脈，卻自成一體，將士們拿起刀槍是兵，放下刀槍是農，可以自給自足，並不靠哈氏的贊助過日子，這也是為什麼連鎮北王都拿劉光印坐地封王沒辦法的原因所在。

於是袁授頭痛不已，劉光印回來擺明是騙吃騙喝的，偏偏又動不得他，也不能從經濟上封鎖，怎能讓人不鬱卒？

因為這件事，太后沒少來找顧晚晴。

不得不承認，雖然太后對顧晚晴不太滿意，但對袁授還是相當上心的，她來找顧晚晴，說來說去也都是那麼一個中心思想——妳那個讓人得病的絕技再使使吧？給老子使完再去邊關給他兒子使使吧？

顧晚晴的優勢在於，她能讓這些不服管教的大臣們得病，不管再神的神醫來看，也只能看出得病，而不是中毒，從而免去了袁授毒殺大臣的惡名。正因為如此，太后會這麼想也無可厚非。可太后不知道顧晚晴的「絕技」是來自她本身的異能，並且她此時異能全失，根本有心無力，哪還能幫上什麼忙？

對此，顧晚晴實在是愛莫能助，如果可以，她真的願意幫忙，甚至願意前往邊關去料理劉合，但現在一切都是枉然，她也沒心思想那麼多，只想好好的安胎，平安的把孩子生下來。

關於安胎的工作，顧晚晴一直進行得戰戰兢兢，雖然有大長老全力護航，但她也明白大長老是在不計後果的幫她安胎。就像顧明珠所說，大長老以顧氏家族需要這個孩子來穩定他們的地位，畢竟她現在是袁授唯一的女人，若是生了男孩兒，極有可能被立為太子！可要是這個孩子保不住，將來袁授難保不再納新人，到時候有了競爭，她的優勢就不再這麼明顯了。

所以大長老幫她安胎，是力求胎穩，對母體的傷害則計較不了太多。

這些顧晚晴都清楚，她找大長老也並非是信任他，只是因為等價交換，各取所需罷了。所以每次艾灸完畢，顧晚晴都要自己調配些補藥來吃，以免自己元氣流失得太快，萬一生完孩子再沒力氣起來，那就徹底悲劇了。

不過，縱然她小心再小心，四月下旬之時，她的胎象還是有了不穩的跡象，連接好幾天的見紅，驚得顧晚晴整日臥床休養。

最終，大長老提議將每日一次的艾灸調整為每日兩次。顧晚晴明白此舉對自己的傷害，可看著自己突起的腹部，她咬咬牙，毅然同意了大長老的決定。

「真那麼不好嗎？」

這段時間太后每日都來，但都是說「絕技」那事，對顧晚晴關心的熱乎勁似乎過去了，直到今天才又回溫了些。「不如多找些大夫看看。妳也別過於依賴顧家的醫術，每個大夫擅長的領域不同，可莫要因小失大，誤了胎象。」

顧晚晴躺在床上，病懨懨的聽著太后的話，有氣無力的點了點頭。

「唉！」太后嘆了一聲又道：「皇上最近忙得焦頭爛額，本指望妳能幫上點忙，誰知妳又是這個樣子。」說完頓了頓，她身子微微前傾，問了一句：「妳那項技藝……還有誰會？」

顧晚晴無語，她以前還覺得太后這老太太挺仁善可親的，怎麼現在變成這副樣子了呢？

見她不語，太后又道：「不然妳將這項技藝傳襲下去，這樣不僅能幫到皇帝，以後也無須再麻煩妳了。」

這話聽著倒挺客氣，可讓顧晚晴怎麼答啊？

憋了半天，顧晚晴乾巴巴的說道：「此法是歷代天醫的不傳之秘，只有天醫才可掌握，除非顧家能再出一個天醫，否則……」

眼看著太后的臉色落下，顧晚晴心裡大呼無奈，只得虛弱閉上眼睛，倒不是裝的，算是間接的下了逐客令。

到了晚上，袁授過來，看他那疲憊的樣子，顧晚晴一陣陣心疼，這幾天她又起不來床，反而讓他更加擔心。

「你說……我是不是有點任性？」顧晚晴半倚在袁授胸前，閉著眼睛輕聲問道。

她原以為留下這個孩子雖然辛苦，但她一定可以忍受，她沒想過自己會這麼害怕，也沒想過讓他這麼擔心。

「如果沒有這個孩子，我說不定就能幫你……」她的聲音越來越小，收起雙臂抱緊了他。「可這是我們的孩子啊……我不想不要他……」

「別想太多。」袁授輕輕拍著她。「不過……如果萬一真有什麼，妳不要太過傷心，孩子我們不會只有一個，一切順其自然就好。」

「嗯。」顧晚晴輕輕吐出一口氣，心頭的壓力似乎小了一些，就這麼直接靠在袁授的身上，沉沉睡去。

再次醒來，帳外燭光暗沉，應該已是深夜。顧晚晴向身側看去，不期然撞進一雙漆黑的眼中。嚇了一跳的她輕拍著胸口，說道：「怎麼不睡？嚇我一跳。」

袁授的目光閃了閃。「在想前朝的事情。沒什麼，妳先睡。」

顧晚晴撫上他的臉。「那個劉光印就那麼難辦嗎？」

袁授不置可否的笑笑。「也不算怎麼難辦，只不過他畢竟是袁攝的外祖，若用強硬手法，免不得被人說我不念手足之情。如今天下初定，我又是以仁君形象示人，凡事便多了許多掣肘。」

他說起來萬分無奈，好像巴不得想做個暴君一樣，顧晚晴不禁失笑。

「其實有時候我在想，如果我們還在千雲山的那間小房子裡，每天上山打獵種田，未必不比現在開心快樂。」顧晚晴半合著眼睛輕輕呢喃，「現在……總覺得少了點什麼似的。」

說著話，她便覺得肩頭一緊，是袁授擁著她的手臂收緊了些，她似乎聽到袁授說了些什麼，可睡意來襲，只是瞬間，她便又睡了過去。

往後幾天，顧晚晴的情況並沒有什麼好轉，雖然大長老用盡全力，可她的身體狀況還是每況愈下，別說大長老不解，就連顧晚晴自己都不明白，她已經這麼小心了，大長老的艾灸之術也沒問題，怎麼會突然變成這個樣子？

五月初的一天，艾灸過後，大長老面容沉重的收起銀針，失望透頂的說道：「娘娘……恐怕註定與這個孩子無緣了。」

顧晚晴本覺得自己這幾天還好了一點，覺得康復有望，乍聽大長老之言立時撐起身子。「怎麼會？我這幾天明明覺得好了許多。」

大長老搖搖頭。「這全是這幾天密集使用艾灸的作用。娘娘今時的身孕還不足五月，照此發展，老夫也沒辦法使娘娘堅持到平安生產。」

這番話讓顧晚晴的心直沉到底。大長老走後，她不死心的一遍遍給自己把脈，整整一個下午，根本沒做其他的事情。

葉顧氏見她這樣子很是擔心，可她不知事態究竟如何，也不知從何勸起，只能在吃飯時勸顧晚晴多吃東西，希望能轉移她的注意力，讓她放鬆一些。

顧晚晴何嘗不瞭解葉顧氏的心意？可大長老的話與她的脈象無時無刻都在提醒她，她腹中的孩子正離她越來越遠，只要一想到他就快離開自己，顧晚晴就忍不住眼眶發熱。一種無法言喻的酸楚繚繞心頭始終不散，還有可能隨時迸發出來。所以她不敢開口，不管葉顧氏說什麼，她都強撐著笑容不說話，她怕自己一旦說話，就會忍不住哭出來。

該來的總會來吧！

雖然顧晚晴已替自己做好了心理建設，可當那一天到來之時，她還是痛哭不已！到達極致的疼！她從未想過，她這一生會遭遇這樣的疼痛，抽痛的是小腹，可心中的疼更勝腹痛萬倍！她能感覺得到體內的小生命正在漸漸流逝，他才剛剛五個月，連這人世都還沒來得及看上一眼，就要永遠的逝去了。

淚水，如洪流般湧出，顧晚晴咬著被角，口中模糊的嗚咽著。她不怕疼，如果能用她的疼來換回孩子的一條命，她願意啊！

第一百八十三章

【放】

孩子終究是沒了，隆起的小腹復又平坦，掌心的紅痣也隱隱現了光彩，表明了異能的失去真的與受孕有關，而此時異能也在逐漸恢復。

顧晚晴的推斷並沒有錯，可她看著自己手心曾為她帶來無限榮耀的紅痣，心中卻是恨極！整整十天，失去孩子後的十天裡，她的腦子裡盡是一些殺伐屠戮的東西，她心中燒著一把無法平熄的狂勢怒火，她恨不能毀去這兩顆紅痣！她恨不能從未擁有過這樣的天賦！她恨自己為什麼要來到這個世界，為什麼要遇到袁授，為什麼要愛上他，又為什麼肯為他心甘情願做那樣的事！如果這一切都沒有發生，她的孩子，一定能健康平安的來到這個世上！

這是她心底的恨，她每日會想起，卻也從未在外人面前表露，因為現在說什麼都是晚了。

終究是她與這個孩子無緣吧。

她千萬次的勸著自己，想方設法讓自己高興起來，可無論怎樣，她的心總像缺了一塊，做什麼都提不起精神。

「吃點東西吧。」葉顧氏心疼的握住顧晚晴的手。這幾個月她一直陪在顧晚晴身邊，雖不確切知道女兒到底經歷了什麼，但她看得到女兒是如何從擁有到失去，對於這個無緣謀面的外孫，她同樣痛入心扉，只是她沒時間傷心，她必須堅強，才能更好的照顧女兒。

聽到她的話，顧晚晴順從的點了點頭，起身來到桌邊，看著滿桌子的飯菜，她甚至露出了一個笑容。

除了開始的十天，顧晚晴總是這麼聽話，卻也讓葉顧氏更加擔心。不必宮人伺候，葉顧氏為顧晚晴夾去她愛吃的菜色，說著一些無關緊要的閒話，多半是天晴日暖的話，顧晚晴小產已近整月，也該出去走走了。

對此，顧晚晴全都應下，飯菜卻只吃了幾口就放下了。

「晚晴……」葉顧氏嘆了一聲。「是不是飯菜不合口？妳母親前些日子入宮來的時候，拿了一些糖漬梅子，就是給妳口淡的時候吃的，現在吃一點？」

葉顧氏所說的母親便是周氏。隨著顧晚晴成為皇后，顧長生在顧家的地位也愈加穩固後，周氏現時的地位早已不同，沒人再提她以前做下的錯事，提起她，便是皇后的母親，地位尊貴。

只不過，地位雖有不同，但周氏跟顧晚晴的關係始終無法改善，就那麼淡淡聯繫著，她們各自也都想得開，並不刻意交往，反而少了一些以前會有的尷尬。

「不用了。」顧晚晴笑笑。「我是想到了一道菜，這些就吃不下了。」

葉顧氏連忙發問，顧晚晴道：「以前我似乎常吃到一道以番茄入味的菜，也不知叫什麼名，酸酸的很開胃，這之後好像很少吃到了，今天又想起來，有點饞了。」

葉顧氏欣慰的一笑。「娘馬上就去御膳房問，一會就讓妳吃到。」

葉顧氏說著就要去，顧晚晴拉住她，「不忙，讓秦三去問，晚上再吃吧。娘陪我出去走走。」

這段時間，顧晚晴每次吃飯都要花上很久，常常又半天只進下半碗吃食，分明是硬吃，像今天這樣主動要求吃東西的情況還沒有過，葉顧氏怎能不高興，立時就答應了顧晚晴，叫人進來替她換了件夏衣，與她相攜出了門去。

剛踏出殿外，顧晚晴就被明晃晃的太陽晃得有些暈，靠在葉顧氏身上好一會才適應了，這才又慢慢的踏步，在院子裡溜了兩趟。

「不如去御花園看看？已是盛夏，那裡的花一定開得很燦爛了。」

恢復了異能後，原有的毒素被再次壓下，她的身體早已無礙，只是心裡有事，這才在寢殿中躲了整月。

葉顧氏也是難得見顧晚晴心情好，對她的要求一呼百應，但也讓宮人備了軟轎等物跟在後面，以防顧晚晴體力不支。待一切安排妥當後，她才握著顧晚晴的手緩緩走在遮傘之下。

這麼久沒出來活動，顧晚晴也當真是憋著了。現在呼吸著新鮮的空氣，她的心情也似輕快了幾分，少了一些煩悶。

還是要儘快走出來。

失去了孩子，傷心是必然的，但不能永遠傷心下去，她的傷心影響的不只是她自己，還有葉顧氏和袁授，雖然他們不說，但他們不約而同的消瘦下去，其中的憂慮與心意，讓人一目了然。

再次這麼勸慰著自己，顧晚晴在御花園內站住了腳，深深的吸了口氣。

放下，她會放下的。

再前進，顧晚晴的話明顯變多了，神態也自然起來。葉顧氏滿心歡喜，最後竟喜得落下淚來，又得了顧晚晴的一番調侃。兩人相視而笑，彼此心中都安心了許多。

「怎麼一直沒見冬杏？」顧晚晴往身後掃了一眼，冬杏並不在其中。

葉顧氏也回頭看了看，疑惑道：「是啊，出門的時候就沒見她，我還想是不是去解手了……」

說到這，葉顧氏小聲的「呸」了一聲，現在她的身分不同往日，所以平時極注重自己的言辭儀態，只是有時一放鬆，不自覺的還是會使用以前慣用的詞語。「是更衣。我還想是不是去更衣了……」

顧晚晴失笑，攙了葉顧氏繼續前進。「哪那麼多講究？怎麼習慣怎麼說就是了，就算有人敢議論您，那也是背後，當著您的面，他們還是得恭恭敬敬的。」

葉顧氏寵溺的一笑，看著顧晚晴美麗的側臉說道：「是啊，都是因為我有個好女兒，那些人就算再看不起我，也要恭敬著對待我。但我還是得學好儀態，因為我到了外面，代表的不是我一個人，還有我女兒的臉面吶。別人怎麼說我不要緊，可要說我女兒不好，我就不幹。」

一番話，說得顧晚晴喉頭泛酸，越發覺得自己這段時間太讓葉顧氏操心了。

「對了，那個劉光印，他怎麼樣了？還在京裡嗎？」顧晚晴前陣子的情況不好，縱然聽袁授說過什麼也都是過耳不入心，根本沒有印象。

葉顧氏竟然輕哼了一聲，「那個老匹夫，賴在京城不走了。每天打著皇上的名號在外胡吃海塞，弄得朝堂中怨聲載道。皇上派人去勸他，他居然坐到皇宮外大哭，說皇上不管他們這些老臣，不給飯吃。妳說說，無恥不無恥？」

聽這話就說明葉顧氏相當憤慨，連儀態都不要了，什麼話都說出來了。

顧晚晴咧咧嘴，「不會吧……劉光印好歹也算是半個皇親，他做成這樣要幹嘛？」

「誰知道？俗話說作死作死，作完了離死也不遠了。」葉顧氏最大的好處就是護親，顧晚晴嫁給了袁授，那麼袁授就是她半個兒子，現在有人欺負袁授，那就跟欺負她是一樣的，所以每次提起這個劉光印，她都是一副恨不能踹死他全家的樣子。

說完了，她又長嘆了一聲，對顧晚晴道：「這裡就妳我，我才這麼說話，可別傳出去了。」

汗……顧晚晴連連點頭，發誓絕不會破壞葉顧氏的貴婦形象，葉顧氏這才滿意。

「哎？」顧晚晴眼尖，看到不遠處的假山後好像有什麼東西晃了一下，她指著那邊說道：「過去看看誰在那裡。」

當下便有宮人小跑著前去。

顧晚晴與葉顧氏則放慢了腳步跟在後面，當她們快到假山時，山後的人已被宮人捉了出來。看到被抓出來的人後，顧晚晴當即一愣，葉顧氏也愣了。

「昭陽，你在這做什麼？」

被宮人捉住的人，竟是一身便服的葉昭陽。

葉昭陽見到葉顧氏和顧晚晴，似乎鬆了口氣，笑著對葉顧氏笑道：「我今天出來早了些，擔心打擾娘和姐姐用膳，所以才來御花園走走。姐姐今天怎麼出來了？身體沒事了嗎？」

雖然他極力鎮定，可顧晚晴仍從他的眼中看到一絲慌亂。按說他因為職務和親戚的雙重關係，出入後宮的機會很多，尤其這段時間，為了寬慰顧晚晴，他更是頻頻出入，宮裡的人大多識得他。除了慈安宮，他也沒什麼去不得的地方，有什麼理由躲在這裡又很怕見人的模樣？況且以往他都是下午入宮，今日還未到午時，又是在這種地方遇見他，難免讓顧晚晴起疑。

「是啊，我好了許多。」顧晚晴朝葉昭陽走近了兩步，目光卻鎖著假山，葉昭陽果然又現出緊張之色，可宮人從假山後只帶出他一個，說明假山後沒有別人，或者說……「現在」沒有別人。

「你們退下吧，遠遠伺候著。」顧晚晴讓宮人們離得遠了些，這才靠近了葉昭陽。她微微探身嗅了嗅，皺著眉說道：「你身上怎會有脂粉的味道？」

葉昭陽一驚，連忙低頭聞了聞自己的領口，這一舉動恰恰驗證了顧晚晴的猜測，她抬手便給了葉昭陽一個耳光，怒道：「你到底和誰在這裡胡來？你知不知道這裡是什麼地方？小心玩掉了你的小命！」

這裡是皇宮，穢亂宮闈是絕對的死罪！她雖貴為皇后，但她和她身邊人的一舉一動不知有多少人在盯著，不知有多少人在等著找她的錯處，今日之事若先被旁人發現，顧晚晴難以想像會是什麼樣的後果！

葉昭陽似乎被這一巴掌打懵了，他雖是窮苦出身，但自小也是被父母疼惜，後來更有顧晚晴的寵愛，加上袁授的照顧，他還真沒受過這樣的委屈。

「娘……」葉昭陽囁嚅的尋求葉顧氏的幫助。

葉顧氏顯然也是氣得不輕，但更多的卻是惶恐，越在貴族圈子裡混，她越明白人命如草芥是什麼意思，如果有人存心整你，你是想躲都難，何況這種自己犯下的大錯！葉顧氏緊緊的攥著顧晚晴的手，慌張的說道：「怎麼辦？怎麼辦？」

顧晚晴輕輕拍了拍葉顧氏的手背，讓他們等在這，自己則轉到假山之後，沿著假山往前走了一段路，沒走出多遠，她停下了腳步。

假山轉角的一個凹處內，一個窈窕纖細的身影窩在裡頭，微散的髮髻之下，是一張姣好可愛的臉蛋，只是此時她的臉上布滿了恐慌，看起來較平時失色不少。

卻是冬杏。

第一百八十四章

【成全】

冬杏，顧晚晴怎麼也沒想到，會在這見到她。

在顧晚晴想來，和葉昭陽在一起的應該是宮裡某個平凡或不平凡的小宮女，無論如何，都不應該是冬杏。

冬杏是她的貼身丫鬟，除了青桐，數冬杏與她最親，她從不覺得冬杏會瞞著她做什麼事，而且還是這樣的事。

最關鍵的，冬杏比她小兩歲，卻足比葉昭陽大了四歲。大概正因為這幾歲的年齡差異，讓她和葉顧氏均忽略了冬杏與葉昭陽的可能性，都覺得他們之間的關係既是主僕又是姐弟，所以平時冬杏對葉昭陽的調侃或者取笑也都沒怎麼放在心上，可他們之間的事又是從什麼時候開始發生的呢？

顧晚晴站在冬杏三步開外的地方一動不動，目不轉睛的看著冬杏。在她的注視下，冬杏瑟縮的身子顫得更加厲害，極力蜷縮著身體，根本不敢抬頭。

顧晚晴細細打量著她的衣著，衣服好好的穿著，並不像髮髻那樣散亂，不過她頸上的幾塊紅痕依舊刺痛了顧晚晴的眼。顧晚晴美眸微瞇，視線流連在她嬌美的臉蛋上。

入宮一年，沒受過任何風吹雨打，也不必再事事委屈求全的冬杏，比在王府時更為幼白可愛，也因為這樣的可愛，讓她看起來不過十七、八歲的模樣，難怪葉昭陽會動心。

「你們的事，多久了？」她問。

冬杏緊咬著下唇不敢看她，也不知是害怕還是羞愧，直等了顧晚晴再問一次，冬杏才小聲說道：「半、半個月……」

半個月，那便是自己臥床的這段時間葉昭陽頻頻入宮，所以才有了他們相處的機會？

顧晚晴想著，轉頭瞥了一眼立於假山之外渾身不自在的葉昭陽，他的個頭竟比葉顧氏還要高了，顧晚晴記得，去年他剛回來的時候，也不過和自己一般的個子。

都長大了啊……前幾天葉顧氏還曾提過葉昭陽的婚事，本已開始相看，只因為顧晚晴出了事情，這才耽誤了。

只是沒想到，這一耽誤，就耽誤出事來。

「妳跟在我身邊的時間不短，除了青桐，妳是我身邊最信任的人。」顧晚晴平靜得連她自己都大感佩服。「如果妳和青桐願意，將來我一定會為妳們尋個好歸宿，妳何必如此？」

出了這樣的事，雖然顧晚晴不會殺她，但也是斷不會再留她在身邊的。

其實，如果冬杏真有那個心，告知顧晚晴，顧晚晴未必不會成全；而葉昭陽，若他喜歡冬杏，大大方方的向她開口討要，她又怎會多加阻撓？可他們卻偏要選擇這樣偷偷摸摸的方式，平白把自己的名聲賠了進去。

冬杏此時已全然亂了章法，不管顧晚晴說什麼，她只是發抖。

顧晚晴突然有些不耐煩，招手讓葉昭陽過來。然後，她指著冬杏問道：「你們在一起時，是如何約定的？」

葉昭陽一側的臉頰還有些紅腫，他頗有些懼怕的向旁邊挪了一步。迎著冬杏看向他的目光，他慌亂的別開眼去，小聲說道：「冬杏姐姐說……願意做我的妾室……不過！」他急急辯解，「我也是喜歡冬杏姐姐的！」

「那就是你先主動的了？」顧晚晴掃了一眼冬杏，眼色愈加深沉，語氣漸厲，「做妾？妳是真這麼想，還是以退為進之計？這件事妳到底籌謀了多長時間！」

經歷了太多事情，顧晚晴現在已無法把人想得單純了，冬杏的行為本身就令她失望，此時更是讓她心寒！

冬杏眼見顧晚晴變了臉色，再顧不得什麼了，從那石凹中撲出來，跪在顧晚晴面前哭道：「娘娘饒命！奴婢是一時糊塗。奴婢只是不想將來像青桐姐那樣。奴婢害怕！所以奴婢才出此下策，才、才……」

聽她提起青桐的遭遇，顧晚晴心中一惻，神情也不由得緩了緩。

她臥床期間偶有青桐的消息傳進來，說她出宮後並未回家，而是直接去了城郊的一座小庵帶髮修行，雖不知道確切原因，但都少不得與她在宮中的經歷有關。

青桐早已不是賣身的奴婢，而是自由身，入宮來只是出於原來的主僕之情，而這次入宮卻帶來這樣的後果，這是顧晚晴始料未及，也令她十分難過。

想到青桐，顧晚晴心裡不好受，強壓下欲對冬杏做出的懲處，低聲又問：「那妳對昭陽也只屬利用了？」

聽了這話，一直緊張得不知所措的葉昭陽怔了怔，而後他茫然的望向冬杏，神情十分複雜。

冬杏抿緊了唇，良久，她輕輕的搖了搖頭。

「不，奴婢……奴婢對小少爺……是有心的。」

那一瞬間，顧晚晴從葉昭陽的眼中見到一抹喜悅的光亮，再看冬杏，顧晚晴不由得想起在水月庵的那個晚上。袁攝要她殺了劉側妃，她應了，當時冬杏看她的眼中充滿恐懼，人也怕得渾身發抖，可當她遇到危險，冬杏依然無畏的擋在她身前，試圖保護她。

「希望……妳說的是真的……」長舒了一口氣，顧晚晴對葉昭陽道：「冬杏做下這樣的事，從此我不會再留她，宮裡她也再待不得，我就將她逐出宮去，你願意收留她我管不著，但有一點，在你正妻進門之前，不准抬她做妾。」

未有正妻而先有妾，這無疑是會影響葉昭陽將來的夫妻感情，要是冬杏以一個通房的身分留在葉昭陽身邊，則順耳了許多。

雖然顧晚晴是一個堅定一夫一妻制的護擁者，但不代表她要在這個一夫多妻的時代時刻高舉女權大旗，如果葉昭陽和冬杏是非君不嫁、非卿不娶，她必然會支持。但現在，顯然他們還沒到至死不渝、情比金堅的分兒，否則葉昭陽不會表現得這麼被動，冬杏剛剛也不會遲疑那麼久才點頭了。

果然，葉昭陽爽快的點頭答應了。冬杏則現出幾分黯然的神情，但她沒有多說什麼，撫平了髮髻，端正跪好實實在在的磕了三個頭。

「起來吧。」顧晚晴淡淡的道：「去見過夫人，然後便回去收拾東西，馬上出宮！」

順著顧晚晴的命令，冬杏便又去給葉顧氏磕頭。

葉顧氏往日待冬杏十分親厚，今日卻是氣憤萬分，扭過臉去不受她的禮，最後還是顧晚晴上前挽了葉顧氏的手，帶她離開了此地。

「娘別氣了。」往甘泉宮回去的路上，顧晚晴勸著葉顧氏。「您平時不挺喜歡冬杏的嗎？」

葉顧氏氣得臉色發白。「那怎麼會一樣？要說起來，我也看了她四、五年的時間，怎麼沒發現她、她這麼不要臉！妳怎麼還能把她給了昭陽，我……」

「娘。」顧晚晴伸手拍了拍她的手背。「我可沒有把她給昭陽，而是把她放出宮去，將來她進了咱們家的門，也是她和昭陽自己的事情，與我無關。」

葉顧氏不太瞭解的看著顧晚晴。

顧晚晴說道：「若是我把冬杏給了昭陽，那便是『皇后賜下』，縱然她是個丫鬟、是個小妾，將來正妻入門，也未必壓得住她。可現在她與我是沒什麼關係了，如果哪天她露出別的意圖，娘也可以把她打發出去。」

葉顧氏想了想，冷哼了一聲，不過一會又嘆道：「只要她以後安分守己，我也不是容不得她。妳也一樣，到底是心軟，不然早發落了她，哪會等到讓我來處理？她說的那話我聽到了，她害怕也情有可緣，只是青桐那丫頭，到底是太傻了。」

「是啊……」顧晚晴搖搖頭。「我也是明白的太晚了，可是誰能想到，她就看那個左東權對眼了呢！」

葉顧氏也搖搖頭，顯然她也太不明白了。

回到甘泉宮，顧晚晴差秦三警告了宮人一番，讓她們各自小心說話，今天這事就此翻過。

今日一事，顧晚晴本可嚴懲，卻放過了冬杏又成全了她，並非全因她昔日之功與提及青桐之故，還因為顧晚晴心底深深的疲憊。

追溯起來，若沒有太后的一番暗示，可能青桐不會興起離宮的念頭，只看到表面的冬杏也不會因為害怕步上青桐的後塵而想出這樣的辦法。說到底，都是因為她處在這座沒有自由的皇宮之中，若她是自由的，這些事，根本不會發生。

因為顧晚晴太久沒有出門，又走了這麼久時間，回來後就上了床，沒一會就睡著了。她醒來的時候，正好趕上晚膳時間。

葉顧氏已著人備好了膳食，待她坐好後親手盛了碗湯給她，笑道：「妳嚐嚐，是不是妳想吃的那個味道？」

那湯顏色微紅，光澤鮮亮，讓顧晚晴看著很有食欲，當下連喝幾口。不過，這湯雖是以番茄為底料，又加了豆腐、火腿等物熬成，酸香十足，很是開胃，但離她想要的那個味道卻又似乎差了那麼一線，缺了點什麼酸味似的。

顧晚晴將湯酸味不足的事情與葉顧氏說了，葉顧氏道是可能番茄放得少了。顧晚晴點點頭，只是一道菜，她並未在意。

用完了晚膳，顧晚晴差秦三去御書房問問袁授晚上過不過來。秦三去了沒多久就回來了，身後還跟著幾個禁軍。秦三上前回稟顧晚晴道：「娘娘，皇上說，有一個要犯要求見娘娘，不知娘娘想不想見。」

「要犯？」顧晚晴想了半天，也沒想到她認得哪個「要犯」。

秦三適時說道：「是個女的，聽說是劉光印大人的兒媳婦，她於月前……毒死了她的丈夫，今早剛剛被押解入京。」

第一百八十五章

【凶手】

秦三說出的消息讓顧晚晴驚愕不已，劉光印的兒媳婦毒死了她的丈夫，那豈不是劉光印唯一的兒子、護在心尖上的兒子、交付了邊關一切權力的兒子……死了？

劉光印的兒子劉合是沒什麼才能，但破船也有三千釘，從小長在將門之中，周遭圍繞的都是麒麟軍中最拔尖優秀的人才，故而劉合雖無才能，卻也有幾分實力，尤其是對拉攏之事據說十分在行，居然就……被毒死了？

那劉光印還神氣什麼勁啊！

少了刺頭、失了主帥的軍隊，袁授收編起來應該不會太難，邊關之難迎刃而解啊！

想到今日與葉顧氏談起劉光印時，劉光印還活著很愉悅，應該是袁授對他封鎖了消息，又即刻將人押解進京，所以說……他現在應該還被蒙在鼓裡吧？嘖嘖，真可憐。

驚訝加感嘆，讓顧晚晴對那犯婦想見自己的事也不那麼奇怪了，當下她與秦三說道：「帶她進來吧。」

沒一會，兩個禁衛軍帶著一個女人同秦三一起進來。那女子並沒有穿囚服，反而一身尋常布衣，乾乾淨淨的，頭髮也束得十分俐落，並不像個囚犯。

顧晚晴在那女子才一露面時就驚詫得站起身來。那女子倒十分安穩，甚至還露了個淡淡的笑容，於殿中站定，福身行禮道：「罪婦曹氏，參見皇后娘娘。」

顧晚晴緩緩坐回身子，盯著曹氏，好半天沒有說話。

竟然是她。

當初在水月庵，顧晚晴曾救下一個身患梅瘡的女子，以異能相醫後，留她在庵中休養，可後來顧晚晴被鎮北王捉回宮來，曹氏也隨之不見影蹤，沒想到今日竟又見了。

曹氏此時雖是布衣荊裙，但狀態比顧晚晴上次見她不知好了多少，當初的大腹便便已被如今的纖纖素腰所替，瓷白的肌膚透著紅潤，一雙秀目含笑，她的腰肢挺直，衣不染塵，雖是犯婦，卻不引人同情可憐，顯然心中另有天地。

顧晚晴示意秦三賜座，曹氏謝過，窈窕端莊的坐下。

「妳的孩子，還安好嗎？」顧晚晴問得頗為小心。

曹氏欠身笑笑。「是個男孩子，已經一歲多了，除了他父親不認他，一切都好。」

顧晚晴皺了皺眉。

曹氏笑道：「娘娘可有興趣聽聽我的故事？」

看她的神色，顧晚晴轉頭看了看秦三，輕輕一點頭。

秦三稍一猶疑，顧晚晴道：「無妨，你們就在門外。」

秦三「哎」了一聲，便招呼那兩個同樣不放心的禁衛軍退出殿外。

他們剛剛退出，曹氏就站起身來，臉上笑意一掃而空，她鄭重其事的重新跪倒，行了個正式的大禮，低聲道：「娘娘昔日之恩，曹氏時刻是不敢忘記，若無娘娘恩德，罪婦沒勇氣生下兒子，早已帶他共赴黃泉了。」

她指的自然是梅瘡一事。顧晚晴卻搖搖頭。「妳既感謝本宮給妳活下去的勇氣，為何今日又做出這樣的事？不管是為什麼，妳死罪難逃，妳的兒子，也要失去母親了。」

曹氏抬頭，眼中閃過一絲嘲弄。「他現在還小，我現在離開他，為他再尋一雙父母，他將來未必記得，可我若不這麼做，將來就會有無數人指著他，罵他雜種！」

聽聞曹氏話語，顧晚晴沉默了。

曹氏做了個呼吸，開口說道：「我的父親是劉光印手下的一個參將，父親可謂絞盡腦汁，才為家裡攀上了劉家這門親事。劉合這個人，大能耐沒有，只有一些小聰明，做一些諂媚逢迎之事最是拿手，尤其是對袁攝……」提到袁攝，曹氏面色漸冷。「娘娘可想到嗎？我與劉合成親四年，他就用我招待了袁攝四年。」

「什麼……」顧晚晴差點以為自己聽錯了，要是個丫鬟什麼的也就罷了，可曹氏是劉合的正妻吧？這這這……袁攝也真下得了手！

「當然，這四年來，袁攝也給了劉合不少好處，畢竟像袁攝那樣的人，要什麼女人都有，可他人之婦卻是難求，尤其是……他親表弟的妻子。」說起這些時，曹氏的神情中見不到多少情緒，似乎在說一件與她無關的事情。

顧晚晴實在不知該說什麼。半晌，她輕一挑眉，「難道那個孩子……」

「孩子的確是劉合的。」曹氏嘆了一聲，繼續道：「那時我是到了京城才發現身懷有孕，可生下孩子回去，劉合卻不認他，他把他留下的唯一目的是將來用以要脅袁攝，但他沒想到，袁攝就那麼悄無聲息的敗了。」

「既然如此，妳當初為何入京？也是為了袁攝？還有那病……」

曹氏搖頭，說道：「我入京是為了報仇。劉合與袁攝不將我當人，連帶袁攝的手下也輕賤於我，我……被袁攝的一個親信……強占了。」

曹氏閉了閉眼，終於有了些情緒波動。「在那之後不久，我就發現自己染了病……我恨他，我想殺了他！我就偷跑出來。反正我的病若是被劉家的人發現，也絕無善了之理！可是我不僅沒尋到報仇的機會，又發現自己懷了身孕，依靠著帶出來的盤纏在京中過了大半年，再後來就遇到了娘娘。」

曹氏輕輕訴說著，幾年的事情被她幾句帶過。這些事，任何女人遭遇一件都是極為悲慘之事，可她竟連番受辱，怎能不讓人唏噓？

「幸得娘娘垂憐。」曹氏又展現了一個淺笑。「治好了我的病，讓我有勇氣重回劉家。雖然我恨透了那個地方，但我的家人還在邊關，孩子……也需要父親。只是我帶著孩子回去後，劉合竟全然不信這孩子是他的，連滴血認親都不願，一口咬定孩子是袁攝的。有時我想，他也未必是不相信孩子的身世，只是他需要一個袁攝的把柄在手中，所以就算是錯，也要咬定孩子並非己出！」

「可那是他的親生兒子啊！為了巴結袁攝，他竟然捨得不認。從那時起，我就想殺了他……

不！」曹氏解脫似的長出了一口氣。「從他將我送給袁攝的那天起，我就想殺了他，或許選擇回去，並不因為別的原因，只因為我想殺他！」

「但是，這件事不易達成，我得讓劉合死得最有價值，才能一洩我心頭之恨，也能報答娘娘的恩德！」

顧晚晴一怔，聯想到劉光印入京的時機。

曹氏笑道：「娘娘所想不錯，由水月庵離開時，我便已打聽清了娘娘的身分，後來皇上登基，我猜測朝廷必疑劉氏！我便日日忍耐，又讓父親暗中協助劉合完成了幾件漂亮的事，終於等到劉光印將手中的兵符交給了劉合。劉光印入京，若劉合再出事，娘娘與皇上何須再防劉氏？」

曹氏說著話，同時解開了自己束得緊緊的一頭髮髻，髮髻散開，於髮髻正中現出一個小小的假髮撐子。

這種撐子十分常見，有大有小，方便梳理各式髮髻。她將這假髮撐子拿在手中，縱向掰開，兩方銅虎頓時落地，與地面發出極為清脆的碰擊之聲。曹氏俯身拾起，雙手奉給顧晚晴。「邊關兵符在此，罪婦獻給娘娘。」

整件事真當得「峰迴路轉」四字。

顧晚晴從未想過，一次無心之舉，竟能為袁授帶來這樣的好處；她也從未想過，一個曾經脆弱得幾欲自盡的母親，竟能隱忍一年時間，暗中謀劃，終將她丈夫的死，實現了各方利益最大化，只是這代價太大，讓人不忍相看。

「那曹氏……一定要死嗎？」

別了曹氏後，這問題在顧晚晴腦中晃了一個下午。

袁授把弄著手中的兩塊兵符，目光不明。「妳不想她死？」

「我只是可憐她的孩子。」顧晚晴知道，如果袁授同意，曹氏就可以不死。可若是那樣，袁授無疑便要承擔風險，將來如果有人發現此事，也更為麻煩。

「放心。」袁授的目光掃過顧晚晴平坦的小腹。「我會為那孩子找一個更好的歸宿。」

聞言，顧晚晴沒再說什麼，袁授沒有一定要曹氏活的理由，就算她幫了他一個天大的忙；同樣的，顧晚晴也沒有。她與曹氏不過萍水相逢，如今舉國上下都在盯著袁授看他如何裁決，她沒有理由要袁授冒險去赦免曹氏，反而將自己置於風口浪尖。

她的心，似乎越來越硬了。

「別想了。」袁授丟下兵符，過來牽住顧晚晴，握著她的手，與她對視良久。

「妳又有精神了，我真高興。」他的聲音中蘊著藏不住的疲憊，也有喜悅，更有憐惜。「孩子，我們還會有很多。」

顧晚晴點點頭，朝他笑了一下，為寬他的心，有意說些輕鬆的話題，比如冬杏一事，被顧晚晴輕描淡寫一說，便成了冬杏年紀漸長，為防太后惦記，放出宮去自行婚配。

又有葉顧氏為葉昭陽四處相親之事，請皇上大開方便之門，允許在宮中舉辦宴會，有空請一些官員家眷進宮坐坐。

還有日常吃食，顧晚晴特地提到了自己想吃的那道菜，極為失望的訴說菜式變了味道。

袁授聽她東拉一句、西扯一句的閒話，神情漸漸鬆緩下來，他知道，她是真沒事了。

第一百八十六章

【藥】

顧晚晴的身體日漸康復，她的異能也恢復到了最巔峰的時候。對此，顧晚晴並不怎麼覺得欣喜，反而每當看到手中的紅痣時，心中都難免想起那個失去的孩子。

她的孩子是因她體內毒素過多而失去的，此時異能恢復，壓下了毒素，她的身體便又健康起來，那以後呢？如果她再度受孕，當異能失去的那天，她豈不是要再次經歷曾經所遭遇過的一切？

所以一旦異能恢復，如何清除自身毒素成了顧晚晴的主要研究目標。

顧晚晴從最基礎的藥理做起，把整個甘泉宮變成了鑽研的藥堂，離得老遠就能聞到宮裡的中藥味。她每日試藥不墜，就是想找出一種可以在異能尚存時也能勾出體內毒素的藥物，只要它露出苗頭，說不定就能藉由異能，將之排出體外。

為此，顧晚晴特地召來顧長生與自己一同研究，至於大長老，顧晚晴固然欣賞他的醫術，但始終不能再信任他。

好在顧長生雖然年輕，但勝在靈活，許多東西經由他組合，都能收到意想不到的效果。

顧晚晴的研究工作整日進行，葉顧氏幫不上什麼忙，又怕打擾了顧晚晴，加之家裡也很久沒有照應，便出宮回家去。但也是隔三差五她會進宮來，不是送吃的就是送用的，好像宮裡能虧著顧晚晴似的。

「這些東西都是妳以前留下的，看看有沒有用得著的？」葉顧氏此次入宮帶了一堆的舊物，最顯眼的是一只藥箱，箱體古樸，看來有些年頭了。

撫著藥箱上的梅花花紋，顧晚晴不由得記起自己學醫之初，全靠得了一本醫學手札，才能應付大長老的各種難題，而這份手札也被顧晚晴視為蒙學之書，在她心中，早已視梅花先生為師了。

應該找個時間與袁授一同去拜祭一下梅花先生吧？

為了保護林中醫廬，顧晚晴這些年從未入山去拜祭過，現在則少了許多顧慮。

作為梅花先生的遺物，這個梅花醫箱被顧晚晴留了下來。可隔了段時間，她突然覺得箱上的梅花攢的方式十分眼熟，一時間又記不得是在哪看到的。

當天下午，入宮的顧長生見了這醫箱卻是露出萬分感慨的樣子，說出的一句話，讓顧晚晴半天沒緩過神來。

「父親的這個醫箱，我已好久沒有見到了。」

「父親？」顧晚晴錯愕半晌。「誰？」

已進化得表情豐富的顧長生斜睨了一眼顧晚晴，閒閒的道：「要不是妳眼裡的茫然暴露了妳的無知，我真以為妳是在變著法的擠對我。」

顧晚晴無語，到底誰擠對誰啊！

顧長生見她依舊茫然的樣子，輕一挑眉，說道：「不會吧？難道不是？」他特地走近醫箱看了個仔細，最後扳動箱上的一朵梅花，醫箱當即開啟。他聳聳肩，「是嘛，我說我不會認錯的。」

這箱子開啟的方法古怪，並不像普通的箱子，若是第一次見到，斷不會這麼快就判斷出開箱的辦法，顧晚晴想不信也不行！

「你說的父親……莫不是……」她指了指自己和顧長生，吃驚的問道：「不會是我們的父親……顧有德吧？」

顧長生想了想，「雖然不是親生，但我似乎只叫過一個人父親。」

顧晚晴不能接受啊！

「他……不是死了嗎？」

「他當然死了啊。」顧長生皺起了眉頭。「難道是他活著的時候把這醫箱交給妳的？不會吧？

妳應該沒見過他才對。」

「不是。」顧晚晴萬分無力。「我是說，他是在哪裡去世的？怎麼去世的？他去世的時候，你應該在場吧？」

「你親眼見著他死的？」顧晚晴不死心的追問。

顧長生不吱聲了，以一種很奇怪的、無力且幽怨的目光盯著顧晚晴。「妳到底想說什麼？」

「我想說……」顧晚晴也混亂了。

混亂了半天，她突然想起來，就算這個醫箱曾是屬於她老爹顧有德的，但也不代表顧有德就是梅花先生吧？東西是死物、人是活物，很可能顧有德臨死前將醫箱贈與了梅花先生，也可能是梅花先生以同僚身分參加葬禮時不小心順了點東西出來……

這麼一想，顧晚晴總算是釋然了。

不過這世界還真小，把袁授從小養大的人竟與她有著如此千絲萬縷的聯繫，而她學醫的最初啟蒙竟是來自於她父親的手札，種種事情聯繫起來，實在是不得不嘆一聲「緣分」！

當天晚上，這件事被顧晚晴當作與發現新大陸同樣級別的震驚事件傳達給了袁授。袁授聽完後默默不語，看著那個醫箱，沉默良久。

「沒想到吧？」顧晚晴有點興奮。「說不定梅花先生還帶你去過顧家呢？可惜那時候我不在，要不然我們可能會更早見面了！」

「是啊……」袁授的眼中晃過幾分掙扎，他轉移視線不再看向那個醫箱。「還……真可惜。」

當天晚上，袁授睡得很不安穩，只要他一睡熟，他的身體就不自然的輕顫著，似乎……似乎正在忍受著極大的恐懼。本是他擁著顧晚晴，到後來卻是顧晚晴將他抱在懷裡。

是做惡夢了嗎？顧晚晴摟著他、拍著他，聽著那從牙縫中擠出來，飽含壓抑與痛苦的低喊聲，她只能更加用力的抱著他，意圖傳遞給他一絲寬慰，除此之外，毫無他法。

所幸這一過程並沒有持續多久。不多時袁授就醒了過來，然後再沒睡過。

事後顧晚晴問起，他只是笑笑，說是惡夢，但也說不出夢境，只是他曾經經歷過的恐懼表現得是那麼的清晰，讓顧晚晴始終難以忘懷。

七月，一年中最熱的時候已過去大半，只要熬過了七月，便又是金秋送爽。太快了。回顧入宮這一年半的時間，顧晚晴驚覺自己生活的單調，每天面對的也只是這麼幾個人，袁授、太后、葉顧氏、葉昭陽、秦三，其他的人都和走馬燈似的不斷輪換，卻沒有能讓顧晚晴記得住的了。

「去看過青桐了？」顧晚晴捧著醫書，沒什麼精神的問著近前回話的秦三。

秦三應道：「是，青桐姑娘一切安好，只是……奴才擔心她在那待久了、待習慣了，就不想回來了。」

顧晚晴的視線停了停，轉頭看向秦三。「為什麼這麼說？她真有出家的意思？」

秦三回答道：「那倒沒有，不過青桐姑娘與奴才說的一些話……奴才也不是很明白，總之都很靈虛空洞，讓奴才有些不安。」

顧晚晴皺了皺眉。「你有沒有問問庵中住持，左東權去看過青桐嗎？」

「娘娘的吩咐奴才不敢忘。」秦三忙回道：「據說是去過一次，但青桐姑娘沒有見他，之後就再沒去過了。」

「真讓人頭痛。」顧晚晴放下書，輕輕揉了揉眉心。「程織那邊呢？左東權不理會青桐，那近在眼前的程織呢？他又待得如何？」

秦三搖頭道：「程家一家人早已不住在左統領家，搬回自己的宅子裡住了。程義近來正託媒婆給程姑娘說親，想來是已經死心了。」

「如果真死心倒好了……」顧晚晴低頭看看自己的掌心，心裡終是下了決定，吩咐道：「傳左東權進來，先不要讓皇上知道。」

秦三答應一聲連忙去了。

顧晚晴叫來替代冬杏和青桐跟在她身邊的知香和識墨，為自己整裝打扮。

左東權很快便隨著秦三來到了甘泉宮，看他的神色，不難猜到他心中的抗拒。

不過，經過了一個下午的對談，他心中的抗拒早已灰飛煙滅，除了狂喜，還有深深的不解。

「本宮並非是用此來向你換什麼。」顧晚晴收起假裝作勢的針。「你感情上的事，本宮更不會管，只是希望你今後能更好的為皇上盡忠。」

若是以往，左東權必然不信這番說辭，可現在他已沒心思懷疑這些了，內心的瘋狂喜悅，讓他幾欲狂呼。

左東權是飛奔著跑出甘泉宮的，不久後，甘泉宮外便傳來數聲暴喝，從這些喝聲中不難聽出，他實在是高興壞了。

顧晚晴也高興，不止是受到了感染，還因為她的異能又走上「正路」，終於能救人了。不過，也只是治了左東權的腿傷，對他臉上的疤痕卻沒什麼效果，只是稍稍減淡而已。

對此，顧晚晴將之全歸於神針之術，又告誡左東權不可將此事外揚，對外只說是遇到了世外神醫，不准宣揚出她的名頭，這也是讓左東權最為不解的地方。

他當然不明白，顧晚晴的醫術名聲固然在外，但還是傳說居多，再以她現在的身分，根本不必害怕打擾。不過，如果有個人能在頃刻之間將一條殘腿醫好，而這個人還活生生的就在眼前，那麼不管顧晚晴是什麼身分，相信厚著臉皮登門求醫的人肯定不在少數，最可怕的是顧晚晴還不能拒絕，有損親民形象。

不管怎麼說，還是相信左東權吧，顧晚晴相信他有能力讓別人相信他的說辭，畢竟在那張撲克

臉面前，相信能大聲質疑他的人也沒有幾個。

送走了左東權，顧晚晴猛然朝秦三道：「就是剛剛的味道，去問問剛才都製了些什麼藥！」

顧晚晴剛剛在替左東權治療時，突然聞到一股熟悉的酸酸味道，因為她最近一直在研究藥性，故而許多藥物都是在甘泉宮裡炮製完成，而那個味道與她心心念念的菜色頗為相似，可她吃的菜裡……怎麼會有藥呢？

第一百八十七章

【真相】

秦三急匆匆的去了，沒一會去而復返，帶回幾個宮人，他們手上各端著一種炮製到一半的藥材。秦三讓宮人們依次站好，才與顧晚晴道：「娘娘，都在這了。」

顧晚晴身起，到那幾人面前仔細查看，都是一些普通藥材。看了幾眼，她的視線定在一些綠葉之上。那些葉子形扁而肥厚，聞起來帶著微微的酸味，這是馬齒莧，是一種常見的草藥，也有人用以入食，涼血止痢，除濕通淋，是一味好藥。

顧晚晴拿著兩片馬齒莧葉子，怔了良久，直到秦三與她說話，她才恍過神來，丟了手中的葉子道：「你到御膳房要些番茄蔬菜來，本宮要親自下廚。」

秦三應聲，即刻派人去辦。

顧晚晴倚在貴妃榻上發呆，仔細想著這段時間以來所經歷的事情，心中久久不能平靜。

秦三辦事很俐落，顧晚晴要求的事沒一會工夫就辦得妥妥貼貼，還從御膳房請了個廚子回來，以防萬一。

有人代勞，顧晚晴也無謂真的自己動手，當下與那廚子說了自己想吃的菜色，又拿了些馬齒莧給他。「用這藥入菜。若做得好吃，有賞。」

那廚子連忙先謝過顧晚晴，跟著便忙了起來。因為顧晚晴要的菜色簡單，他倒也沒花太多時間，一刻鐘後便呈上了菜餚。

顧晚晴以玉勺輕攪大碗公中升騰著酸氣的湯汁，舀了一勺後她輕嚐了一口，細細品味，問那御廚：「如果不想看到湯中有馬齒莧出現，可有辦法？」

御廚答道：「只須將馬齒莧搗碎壓汁，再入湯即可。」

顧晚晴緩緩點頭。她看了秦三一眼，秦三便將早已備下的賞賜交給了御廚。顧晚晴又道：「你下去備一桌晚膳，備得好，還是有賞。」說完，她加快腳步離開了正殿。

如果再留下去，她怕她會當場崩潰！

馬齒莧，就是這個味道。她之前吃的菜中，的確是加了馬齒莧的！這種藥材固然是清涼佳品，可它與麝香一樣具有滑胎功效，孕婦是絕不能碰的！不過，馬齒莧作為一種可以入食的藥物，許多人也不知道它的這一功效，莫非只是她的晚膳菜單中恰巧有這一道菜？

顧晚晴心亂至極，勉強定神細想後，搖了搖頭。

若非那個味道，她甚至不知道那菜裡另有乾坤，顯然是有人故意為之，不願讓她知道菜裡的內容。馬齒莧不像麝香那樣香味濃烈容易使人察覺，藥性也不如紅花那般凶猛，是需要服食一段時間才可生效，而她從胎象不穩開始直到滑胎，正是有半個多月的時間，在那段時間裡，她的膳食中似乎都有那一味菜餚！

到底是誰？

顧晚晴忍住身上的顫抖，將這些顫抖全都壓心底，她不能亂，她一定得查出到底是誰計畫了這件事！

是太后？除了太后，顧晚晴想不出還有誰會這麼大費周章的對付她。但想到太后得知她滑胎後那失望無語的模樣，顧晚晴又有些拿不準。

又或者是顧明珠？可她為什麼要害自己滑胎？如果只是恨，她不如毒死自己來得乾脆！而她明知道這孩子生下來也未必健康，救不救得了都是未知之數，又何必多此一舉？

是誰？到底是誰……

顧晚晴閉上眼睛，腦中紛擾不堪，想的全都是這個問題，她又想到她保胎時的辛苦與快樂，她曾經多麼盼望著這個孩子的到來，她曾經多麼自責這個孩子的失去，可現在她孩子的失去，竟是人為之失！

為什麼？她從不輕易與人結怨，還偶爾做做好事，為什麼總是有人要害她？她又為什麼總是躲不過去？袁授不願廣納後宮，她便以為自己是安全的，沒有嫉妒，何來陷害？有的也只是太后的一點刁難罷了。

可是，她錯了。

她連她的敵人是誰都不知道。

重回甘泉宮正殿，顧晚晴木然的向秦三道：「去查一查，以前這道菜都是由誰做的。悄悄的查，知道嗎？」

秦三從未見過顧晚晴如此失望又如此冷然的模樣，就是她最失意的那段時間，她也只是很少反應，卻不會像現在這樣，明明人在與你說話，可卻讓你覺得她已經死了。

秦三是泰安前朝就在宮裡的人了，自然有眼色，不再多問，依著顧晚晴的話悄悄去查，這一去，去了大半天才回來。

「娘娘。」秦三小心挨近閉目養神的顧晚晴。

顧晚晴猛的睜眼，瞬間坐直了身子。「查出來了？」

「是查出來了，不過……」秦三微微低頭。「此人於一個月前已辭去御廚職務，早已出宮。」

顧晚晴的身子繃得更直。「他的老家呢？是哪裡？他是怎麼入的宮？平時都與誰來往頻繁？」

「此人名為宋華，今年三十五歲，籍貫兩川，泰安二十九年參加兩川廚神大賽得了冠軍，所以被推薦入的宮。不過他平時沒什麼人緣，也很少有機會為天子主膳，這次為娘娘安胎時的膳食式樣很多，他這才分了一道。娘娘……」秦三小聲道：「要是娘娘想找他，不如派人再去兩川查查？」

「不用了……」顧晚晴緩緩搖頭。良久，她閉了閉眼。「他有沒有活在世上都很難說了，又怎會回到兩川？」

秦三沉吟一會，「娘娘可是……發現了什麼端倪？」

「沒有……」顧晚晴擺了擺手。「你出去吧。」

秦三不敢多問，應聲而出。

待殿門闔上的那一瞬間，顧晚晴恍如一個洩了氣的皮球，瞬間失去了全身的力氣，癱倒在美人榻上。

「或許我選擇留下……本身就是錯的……」她喃喃道，望著雕梁畫棟的殿頂，目光渙散混亂，絲毫沒有焦距。

顧晚晴病了，這次的病比上次更為沉重。她的異能還在，也為自己治療過，卻沒有一點效果，她知道，她的病來自於她的內心。

設計奪去她孩子的人，必不是因為厭惡她的孩子，而是因為厭惡她。是她，連累了她的孩子。

「我想去找青桐，到她那住一段時間。」入了秋，顧晚晴的病始終不見起色，身體無礙，只是每天病懨懨的提不起精神。

袁授這段時間奔忙於朝政與顧晚晴之間，十分疲憊，聽她這麼說，也覺得她最近的壓力太大，便點了點頭，允了她。「也好。晚晴，妳還是不願意跟我說嗎？妳到底怎麼了？」

顧晚晴搖頭，頓了頓，再狠狠的搖頭。

顧晚晴第二天便啟程前往城郊名為「三覺」的庵堂，微服前往。

三覺庵很小，加上住持也只有十個女尼，青桐在這裡雖然是帶髮修行，但是行為吃住與一般女尼無異。

見到顧晚晴，青桐似乎並沒有過多驚訝，迎了她進去，悉心為她安排住處。

折騰了半日，顧晚晴算是在這裡安頓了下來，一個宮人也沒留。

夜深人靜，青桐替顧晚晴鋪好被褥，勤快一如往常。收拾完，她坐至顧晚晴對面，「娘娘可願意與我說說發生了什麼事嗎？」

看著青桐溫柔中又顯慈悲的雙眼，顧晚晴未開口，眼淚已先落下。

她從未這麼痛快的哭過，哭得撕心裂肺，悲慟萬分。

「青桐，一定是他！」這是顧晚晴哭倒前說的最後一句話。

第一百八十八章

【裂】

青桐嚇了一跳。

這麼多年，哪怕是顧晚晴最失意的時候，哪怕是她被趕出顧家、身無分文的時候，她都沒有這麼哭過。

從她的哭聲中，青桐彷彿感覺到她世界的坍塌，她就坐在一望無盡的廢墟中，不停的痛哭。

「到底怎麼了？他是誰？」

顧晚晴沒有回答，只是痛痛快快哭著，好像流盡了一生的眼淚。最後她抬頭，袖子抹去臉上的淚痕，無比冷靜的開口說道：「是袁授，他弄掉了我的孩子。」

青桐不信。

從青桐的眼神中，顧晚晴就看得出她不信。

何止青桐不信？當這個想法第一次鑽進顧晚晴的腦中時，她又何嘗信過？

她不僅不信，還為自己產生了這樣的想法而深深愧疚，他對她的好有目共睹，他恨不能挖心掏肺的來證明他愛她。

他為了她拒納後宮，他為了她頂撞生母，仍是為了她，大肆封賞她的族親，包括與她沒有實質血緣關係的葉氏一家；為了她，他重用顧氏子弟，讓顧家不必再成為依靠顧晚晴才能上位的裙帶世家。只要是她的要求，他都竭力辦到，他鮮少讓她失望……不，他從沒讓她失望過。

這也是為什麼，她甘願放棄自由的生活，甘之如飴的守在他的後宮中，她不能只讓他來付出，她想告訴他，不止他愛她，她對他也是同樣的心情，她願意為他做任何事。

任何事……真是笑話！

她放棄健康的身體為他除去一個又一個反對的朝臣，換來的竟是這樣的結局！

從她入宮開始，她的衣食住行，他沒有一樣不是親自過問，甘泉宮所有的人、所有的事都是他一手安排。如今青桐與冬杏不在宮中，她身邊發生的什麼事都得交給秦三去做，這種情況下，她在甘泉宮做了什麼，豈會瞞得過他的眼睛？

她召御廚、試草藥，這些事他豈會不知？若心中坦蕩，他怎會不加以過問？可偏偏她等了那麼久，他都像無事人一般，假裝這件事從未發生過，假裝那碗加了藥的湯從未存在過！

如果今天換作是別人，顧晚晴定會相信他是著實不知，他是不夠細心所以沒有發現這件事。可他是袁授，只憑一枝花就能察覺女子愛慕的人，一個從不錯過她一舉一動的人，這次會這麼遲鈍嗎？

心中控訴字字血淚，可經由顧晚晴的口中說出，卻是無比清晰冷靜。

聽著她的話，青桐沉默良久。她還是不太能相信顧晚晴的話，畢竟她看到的要比聽到的真實更多。

「如果……如果真是皇上……」青桐艱難開口，她清楚這件事如果是真的，將會對顧晚晴造成怎樣的衝擊。「如果皇上真的知曉，又何必假裝無事？如此一來，豈不是更惹人懷疑？皇上大可以安排人認下此事，可以是反對皇上的人，可以是看不慣娘娘的人，可以是任何人……就算真是皇上，他也沒有理由不加辯駁就承認了啊！」

不得不說青桐的猜測有理，顧晚晴也曾這麼想過，可她並沒有說服自己。

「他騙我的事還少嗎？如果我發現此事後，緊接著他就查出主使之人送到我面前，那樣才是萬分難看！」

青桐默然。「那娘娘和皇上……」

「他也不知該怎麼辦吧。」顧晚晴疲憊的閉上眼睛。「他怕我傷心，從不在我面前提起孩子的事，大概正因如此，他才沒有把這場戲演完……」

「可是，皇上有什麼理由……」青桐還是難以接受。

「理由有很多……」顧晚晴喃喃道：「真的很多。我不知道他是為了哪個，我到現在為止還期望著那個理由不要是最不堪的那個，我還沒對他真正的死心……青桐。」顧晚晴的眼淚又流下來，安靜得像兩道清溪。「他騙了我那麼多事，甚至我的留下，也是他費盡心機布下的一個局，可我竟還是沒有對他死心。所以我只能逃出來。」

接下來，青桐也不知該怎麼安慰顧晚晴了。

顧晚晴就此在三覺庵住了下來，每日跟著青桐，與一般女尼一樣安靜的生活。葉顧氏會來探望她，也只以為她始終是未能走出喪子之痛，除了擔心難過外，就是深深的心疼。

顧晚晴只能安慰著她。

聽葉顧氏說，葉昭陽已接了冬杏回家。雖然葉顧氏因為冬杏的心機，對她印象大改，但總不會對她太過分。又因為葉顧氏的努力，葉昭陽終於和父親身為五品御史道的宋家小姐定了親事，預備在來年開春成親，總算是個好消息。

秋去冬來，三、四個月轉眼即逝，又是一年歲尾，這一日，顧晚晴迎來了秦福。

這段時間，秦三就住在距三覺庵不遠的一處農戶中，有什麼消息他便會傳回宮中，而袁授也一直沒來打擾顧晚晴，直到這次秦福的到來。

「多羅國進貢了一位奇人，據說能口吐蓮花，皇上看著新鮮，想請娘娘回宮共賞。」

再聽到他的消息，顧晚晴心中一緊，跟著又是一鬆，一種難以言喻的心情油然而起，好像她很恨他，又好像她很愛他。

「必須回去嗎？」顧晚晴問道。

秦福連忙搖頭。「皇上說了，一切全依娘娘，要是娘娘嫌冷不願意動，皇上就把那人送過來表演，以娛娘娘一笑。」

秦福那小心謹慎的樣子讓顧晚晴失笑。秦福的態度取決於袁授的態度，所以才會上行下效。怎麼？曾經機關算盡、不擇手段的袁授，也有這麼小心忐忑的一天？

見顧晚晴笑了，秦福似乎也鬆了口氣。「那奴才就去替娘娘收拾東西？」

「不必了。」顧晚晴起身伸手拒絕。「那個奇人我也沒什麼興趣，讓皇上不必費心了。」

秦福當即急了：「娘娘，奴才可是拍了胸脯說能請娘娘回去的，現下不是打奴才的臉嗎？娘娘就心疼奴才……」

「那你就轉告皇上。」顧晚晴垂眸，「告訴他，我在這住得越久，想得越多；想得越多，就越不想回去。」

秦福一愣，顧晚晴已笑笑，意欲離去。

秦福緊著攔下她：「娘娘，皇上這段時間身體一直不大好，因為病體沉痾，早朝都誤了幾次，可他不肯用藥，現在……」

「那你就去勸你的主子！」聽到這個消息，顧晚晴心裡一陣煩躁，轉過身去面對秦福，語氣咄咄逼人道：「身體是他的，又不是我的！他不願用藥，就算神仙下凡也是無救！」說到這裡，她伸出自己的雙手現於秦福面前。「看清楚！回去對他說！我不再是天醫了，我也做不成天醫了！」

看清了顧晚晴的掌心，秦福驚恐的瞪圓了眼睛！

顧晚晴白皙秀美的掌心中，兩道長疤經由雙掌紅痣直穿而過，那長疤橫貫整個掌心，看上去猙獰無比，而那兩顆曾經鮮豔美麗的紅痣，此時灰淡無光，不見絲毫奇特。

第一百八十九章

【問】

「娘娘……您的手……」秦福的聲音中帶著絲絲顫抖，比這更猙獰的傷疤他不是沒有見過，只是眼前的人……

顧晚晴也看著自己的手，目光沉沉，面上不見絲毫波瀾。「我的手怎麼了？它不再神奇，它們終於變得普通了，著實值得慶賀！」

在三覺庵的這段日子，顧晚晴想通了很多事，其中就包括她的能力。

有能力是好事，是人人求之不得的天大幸運，可也正因如此，她已經太過依賴她的能力了，而這種依賴讓她不管遇到什麼事，首先便是向自己的能力求助，於是她的能力除了可以治病醫人，還可以自保，還可以栽贓嫁禍，可以殺人於無形！

她已經多久沒正確運用過她的能力了？她的能力，除了清除異己、陰謀誣陷外，現在到底還有什麼別的用途！

長舒了一口氣，顧晚晴平靜的收回雙手。「你回去多勸皇上保重身體吧，這世上再沒有那麼神奇的一雙手，摸一摸就能讓人病痛全消了。」

秦福對顧晚晴最後的話不太理解，但看著顧晚晴現在的樣子，他也實在不敢多留，只能無奈告退，回到宮中覆旨。

顧晚晴說過的話，秦福一字不落的全都轉述給袁授。

更見清減的袁授聽罷了秦福的回話，並未表示什麼，甚至批閱奏章的朱筆都沒有半刻停頓。半晌過後，他抬眼看見早已彙報完畢的秦福，輕一挑眉，問道：「還有事？」

秦福有點傻眼，早在回來的路上他還在想皇上得知了娘娘傷了雙手，指不定會多麼心疼，怎麼會是這樣的反應？不過袁授目光灼灼，秦福不敢多想，連忙躬身退至一旁，侍奉筆墨。

秦福就這麼看著袁授批示著一本本的奏章，他批示得很快，少有停頓的時候，這些或關乎民生或關乎國體的大小瑣事，在袁授的筆下似乎都顯得微不足道，或一、兩個字，或三、五句話，便全打發了。

「皇上，到時辰吃藥了。」秦福小心的將案燈向袁授移得近了些，又接過宮人遞過的藥碗，有小半碗濃稠的藥汁，散發著奇特的清香與苦澀味道。

袁授正半瞇著眼睛看御案上的最後一本奏摺，眉眼不動。「不吃。」

「皇上。」秦福奉上藥碗。「您好歹試一試，不然入了夜，可怎麼熬？」

秦福苦口婆心，可袁授全神貫注的批改奏摺，彷彿根本沒有聽見。

「娘娘也說要皇上好好保重，要奴才多勸勸皇上。」秦福忐忑的使了招殺手鐧。「皇上，要是哪天娘娘回來了，皇上卻病倒了……」

說到這裡，便見袁授的目光掃了過來，秦福連忙將藥碗捧上。「皇上……」

「不吃。」

仍是這兩個字，秦福稍一愣神，袁授已批完最後一本奏摺，甩了朱筆站起身來，「換套常服，朕要出宮。」

秦福這回沒再多問，連忙親自去準備，心裡猜測著袁授的去向，一邊覺得放心，一邊又有些隱隱的擔心繚繞不去。

事實上，袁授的行蹤與秦福猜測的完全吻合。

並未帶人，他們主僕兩個換了常服打馬出宮，直奔城外而去，目標正是三覺庵。

因為出來得晚，待他們到三覺庵的時候，已然子時。雖然說普天之下莫非王土，但這裡不同於普通寺廟，是座庵堂，平時都不接待男客，更別提現在三更半夜的，袁授又不讓亮出身分，於是負責開路的秦福壓力很大。

想剛剛他們出城的時候，同樣是落了城門，他也只是拋出了袁授的隨身手信，便得城門大開，全然沒有如今的窘迫。

到底要不要叫門呢？想到袁授就在身後，秦福覺得自己硬著頭皮也得上了，大不了被一群尼姑圍毆，還能讓袁授看看他到底有多麼的忠心……護主。

正當秦福大義凜然準備慷慨叫門之際，突聽袁授一聲「在這等著」，再回頭時，袁授已不在他原來的地方了。

秦福連忙低頭不去看那個輕鬆翻牆而入的身影，心中暗忖，不知道他會不會成為第一個因為看見皇上半夜翻了尼姑牆而被滅口的內侍……

再說袁授，入了三覺庵中四周看看，確定安全後，輕車熟路的轉過誦經殿進了東邊的月亮門。門內座落著兩排精舍，他來到後排，長指輕點，一、二、三、四、五，正數第六間，便是他這次的目的地。

輕巧閃身，沒有絲毫聲響，袁授已摸到了第六間精舍的房門。可他的手才貼上，還未用力，房門竟錯開了一些，袁授皺了下眉，難道這就是傳說中的夜不閉戶？

現在的治安有那麼好嗎？袁授的眉頭擰起來就再沒鬆過，雖然是個庵堂，但晚上睡覺連門鎖都沒有，這也實在太大意了！要是多幾個像他這樣的……

雖然心裡不滿，可袁授的動作不停，將門縫推大些能容他進入，而後悄無聲息地沒於門後，再輕輕將房門關好。

一片漆黑。

袁授眨了好一會眼睛，才適應了室內的黑暗。他朝著屋裡最大的黑影走過去，才摸到床柱，便覺身後一亮，迅速回身，見到的卻是顧晚晴那張好整以暇的面孔。

跳躍的燭火下，顧晚晴的面容平靜而淡然，她坐在桌邊，手中仍拿著點燃燭火所用的火摺子。

「你還是這樣。」

一句話，有回憶、有留戀、有感慨，不知包含了多少內容。

袁授立於床邊眨著眼，一動不動的看著顧晚晴。

他不是沒有想過如果她醒了要怎麼辦，可他真沒想過她壓根就沒睡，打開房門迎他入甕。

「我有些事情想問你。」顧晚晴微垂著眼簾。「我從不知道你也有逃避的一天，我等了這麼久，你一句要解釋的話都沒有嗎？」

默然，回答她的只有默然。

要不是床側那清瘦的身影猶在，顧晚晴幾乎以為自己是在對著空氣說話。

微微握緊了手掌，顧晚晴輕吐一口氣。「我只想知道，你做下那個決定時，到底是為了我的身體，還是為了我能即刻恢復能力……好助你一臂之力？」

黑暗中，只有顧晚晴身邊的這一小團燭火跳躍，她的神情、她的容顏，無一不被身在暗處的袁授看在眼中，雖然她極力扼制，但他仍是發現了她聲音中的顫抖，以及那極小的、似有若無的一絲期望。

「有區別嗎？」這是袁授今晚跟她說的第一句話。

第一百九十章

【舊事】

有區別嗎？顧晚晴回答不了這個問題。

是啊，如果他的回答是前者，難道她就能拋去一切芥蒂，當作什麼事都沒發生過一樣，繼續與他在一起嗎？如果他的回答是後者，她又能斷情斷義，從此與他老死不相往來嗎？

她不知道。

連她自己都不知道的答案，她到底為什麼要問出口？

其實她是希望聽到第一個答案的吧？那樣就算她現在還不能原諒他，但起碼她會好過一點，起碼她會覺得她的真情沒有錯付，她會覺得，在他身邊的這幾年，幫他付出的那麼多都沒有白費。

「我不知道……」顧晚晴喃喃說道，坐在桌邊半晌沒有動彈。

「妳只管恨我就是了。」袁授不知何時由暗處走到她的面前，昏黃的燭光映著他清瘦有加的臉龐，閃閃忽忽。「我甚至沒想過要得到妳的原諒，只是……」

他的語氣終是現出幾分異樣的波動，目光中倒映的除了燭火，還有些讓人不易察覺的怒意。

「妳不願用能力，以後不用便是！為何要自殘身體？身體髮膚受之父母，妳縱然不是妳娘的親生女兒，但她養妳二十年！情比親母！妳就用這兩條傷疤回報她嗎？」

顧晚晴鮮少見到他發怒的樣子，初時心中一緊，可聽到最後，她輕輕笑了笑。「如果我娘可以選擇，她一定寧可我沒有這種能力。」她攤開雙手遞至他的眼前。「你看，我現在變得平凡了。如果一開始我就是這麼平凡，你還會費盡心機把我留下，陪在你身邊嗎？」

袁授看著她手心的兩道長疤，心底莫名的牽痛一下，他想像著她劃下這兩道傷疤時會有多疼，可她依然下了手，一道不夠，還要再添一道！

直到此時，袁授才發覺自己並不像想像中的瞭解眼前的女人。他知道她有一股強勁，也知道她心軟的程度，這次的事，只要他處理得當，他是一定能夠得到她諒解的，所以最初下了這個決定時，他只猶豫了一瞬，便著手實施。

他是不會失去她的，就如以往那樣，就算她知道他騙了她、利用了她，可只要他繼續對她好，繼續關心她，她一樣會當作什麼事都沒有發生過那樣留在他的身邊。

何況，這次的事本就是為了她好！

再不停胎，最後只會是毀滅性的結果……

大長老為了自己的目的說輕了她的情況，她自己也被「能力還會復原」蒙蔽了雙眼，近乎盲目的相信自己一定會平安生下孩子。可結果到底如何，不到生產那天誰也無法保證。

那時她懷胎不過五個月，身體便已是強弩之末，再堅持下去，怕不是只有母子俱亡的風險！這風險她並非不知，可她堅信自己能走到最後一步，但，他不信。

顧晚晴這一胎，其中的利害關係顧明珠早與他說過，只不過當時顧晚晴滿心欣喜的期待著這個孩子，加之提出了一連串的解決之道，他也想試一試。可後來，卻是顧長生私下裡求見他，闡明種種後果，並言明大長老的方法未必不行，但孩子一旦出生，顧晚晴還要隨即為孩子著手治療，雙重風險之下，沒人敢保證什麼。

袁授不知道也不想猜顧長生為什麼要來和自己說這番話，或許是怕將來真的出了事，牽連到自身，也或許是真的為了顧晚晴的安全著想，不管是哪個，他總歸是這麼說了，這讓袁授原本開始有些動搖的心又堅定起來。

他不願失去顧晚晴，那麼，便失去孩子吧！

於是他秘宣太醫定下了藥膳方案，並交給御廚宋華將之完成，事成後，該消失的人自然會消失，顧晚晴也不再有生命危險，一切，還是像以前一樣。

多好，他的設想一直是好的，包括顧晚晴的傷心、她的難過，他全部預料得清清楚楚。他早知道這個女人在他面前是毫無秘密可言的，一個細微的表情動作，他都能猜到她內心的想法。

於是他放任她一個月的時間，讓時間來沖淡她心中的傷痛。

事實也如他所料，一切都進行得無比順利，只待他找機會說出真相，訴說自己的苦衷，懇求她的原諒。當然，她是一定會原諒他的，他們之間因此事產生的最後一點隔閡便會悄無聲息的煙消雲散，至此，他的計畫才算是圓滿完成。

可，總有意外發生。

他沒想到顧晚晴會那麼快就發現了菜中有藥一事，說起來他至今仍要苦笑。或許在他心中，也總覺得她是依靠異能才坐上了天醫之位，根本忘了她除了異能也是名副其實的一個大夫，只要稍有線索，發現真相是早晚的事。

這與他的預計有了些偏差，但好在沒有偏得太遠，只要他按照原定計畫說出自己的苦衷，說出自己害怕失去她的恐懼，再緊緊的抱著她，或許還可以掉幾滴眼淚，那麼她就一定會原諒他。

是的，一定會的。

他對自己向來有信心，包括以前有些時候在她面前的脆弱不安，也多是以退為進之計，直到他確定她真的愛上了他，再離不開他，他才安心了，也鮮少再用這樣的伎倆了。

但這次他怎麼說不出來了呢？

當他看到她再次倒下，面如死灰目光冷寂的時候，他不知怎麼的，心底突然慌了一下。

就這麼一慌，打亂了他所有的計畫。

他再開不了口說那些「事實」，他終於意識到自己對她究竟造成了多大的傷害，在這樣的傷害面前，什麼理由都不是理由！唯有事實，是他，害死了他們的孩子！

這樣的認知讓袁授突然惶恐起來，面對顧晚晴，他第一次不敢正視她的眼睛，他總覺得她眼中帶著控訴，她一定是知道了，否則她為什麼總盯著他看？不，她未必是知道了，如果她知道了，為什麼不說？為什麼不問？她是在等他坦白嗎？

袁授仍記得自己那時心中的忐忑，他坦白了，她真的會原諒他嗎？他開始懷疑自己，開始不敢見她，開始每天把自己的時間排得滿滿的，他總是把自己開心的事第一時間分享給她，希望還能見到她像以前一樣，只要他開心，她就比他還要快樂的模樣。

可這次，不管他分享了多少趣事，她也只是莞爾一笑，笑容來得快，散得更快。她眼底的灰色始終沒有消散的痕跡，雖然她的身體又恢復了健康，但他知道，她的心已經不在這了。

她這次是真傷心了吧？

她……不會原諒他了吧……

一定是的，她再不會原諒自己了。

他甚至問都不敢問就給自己找了答案，直到送她出宮，直到數月過去，他每一天都在竭盡全力讓自己相信她恨他，因為……只要還有恨，就代表她沒有忘記他。

「會嗎？」

聽著耳邊再一次的問話，袁授回過神來，視線離開那兩道他一看都覺得心中絞痛的長疤，轉移到她的臉上。

這麼多年了，她依舊美麗，可他總覺得就算沒有這樣的容顏，換成另一張平凡的臉孔，他也是願意這樣對她的。

「我不知道。」心中雖然已有答案，但他仍是這麼說。他突然害怕再與她說下去，害怕下一句從她嘴裡吐出的，就是最傷人的字眼。

落荒而逃。

如果有幾個字能形容袁授離去時的情景，便是這四個。

他忽然後悔起這次行動了，他不該來的，他不該早早便將三覺庵的地圖默記腦中，他不該以為自己功夫不錯可以來去如風；他原只想看看她，看看她的手傷成了什麼樣子，讓他心裡有個譜，可以免去他的胡思亂想；他原打算看一看然後就悄悄回來的，他原打算……他怎麼也沒想到，此次之行，他竟收穫了一堆「害怕」回來。

最後的話還是沒讓她說出口吧？回京的路上，他在腦中一遍遍的確認著，確認自己離開前沒有聽到什麼絕情的字眼。這就好，這就好，沒聽到就好。

回到宮中，天已經見亮了，袁授片刻不停的換上朝服前去上朝。

朝堂之上，文武官員兩旁肅立，金龍寶座之上，身著朝服的袁授看上去與往常一樣，安穩、冷漠，不苟言笑。

百官進言，論辯駁斥。短短兩年時間，今時朝堂的活躍氣象與泰安帝年間的沉悶頹靡，不可同日而語。

鏟媚臣，除奸佞，袁授的手段雷厲風行；開恩科，拔能臣，袁授一掃往日頹氣，破格錄用人才之舉為他贏得了天下百姓的擁戴。

時至今日，早已沒人再敢小看當初以弱冠之齡繼任新君的年輕君王，天下學子莫不摩拳擦掌期待在這新天地間成就自己的一番偉業！承治帝與其繼任者康平帝共同開創的大雍朝的中興盛世，便自此而起。

自然，這是後話。

仍是這天早朝，秋闈中袁授欽點的頭名狀元，此時正與素來以頑固著稱的御史道辯得口沫橫飛，場面熱鬧得差點要打起來。可袁授就像中了魔障一般，無時無刻不在想著他離開三覺庵前的場景，每一句話、每一個字，都細細的想著。

他坐在龍椅上，看著一個驕傲的充滿朝氣的年輕人，與一個堅持著永不退縮的老忠臣口水四濺，他真的看得十分仔細，連他們的一個眨眼、一個神情都沒有錯過，可這些畫面轉到他的腦中，就像被放慢了無數倍一樣，全是莫名的動作。他就那麼怔怔的看著，腦中想著……還好，他們還沒有分手。

第一百九十一章

【憶故】

渾渾噩噩的結束早朝，撇開那些或能幹、或中庸的臣子，袁授突然覺得以前在他眼中極富挑戰性的東西似乎正在慢慢消滅，這是他曾經認為對於自己而言最重要的東西，可如今這東西正在漸漸模糊。

很沒意思啊，日復一日，年復一年，每天重複的上朝、下朝，召見臣子，批閱奏章，無數令人頭痛的事情在等著他。耽誤一天，就會被人指責消極怠政，這樣的日子他已經過了六百多天，如果算上籌謀的時間，已超過一千多天。

聽起來真可怕。

一千多天，為了這個目標他努力了超過一千多天，每天兢兢業業，一刻不敢放鬆，連睡覺的時間都被他壓至極限，那時的日子是多麼艱苦，他堅持過來了，為什麼現在，他覺得膩了呢？

或許是因為他知道，無論他再怎麼努力，都沒有人再等著他了。

他忘了自己多久沒去過後宮，大概是兩個月，也可能是三個月。今天他得到了確切的答案，已經整整四個月了。

這是太后告訴他的。

這個數字一次次從太后口中吐出，袁授靜靜聽著，卻也像上朝時一樣，聽在耳中到不了心裡，只聽到一些喋喋不休的聲音，以及看到一些緩慢的、莫名的動作。

「皇上，你可否在聽哀家講話！」

袁授眼中的焦距慢慢聚起，朝蘊著薄怒的太后微一點頭，「朕在聽。」

太后皺著眉頭，長出了一口氣。「皇上，哀家剛剛的提議，你是什麼意思？」

袁授努力回想了一下，眼中的茫然讓太后剛剛消散的惱意復又聚起。

「你登基已有兩年時間，初時天下不穩，你為安心治國，拒不擴充後宮也便罷了，可如今天下已定，皇后又遠離後宮，你還有何理由不納妃嬪？」說到這裡，太后緩了緩口氣。「你舅舅見你終日鬱鬱寡歡的，有意送你十九表妹進宮來陪陪你，你意下如何？」

「十九……表妹？」袁授終於將心思放到了太后所說的這件事上。「哪來的十九表妹？朕記得哈氏的族女似乎只有十八個。」

「是你舅舅新收的義女。」太后定定的看著他。「無論如何，這是你舅舅的一番心意，哀家已經應了，你不管喜不喜歡，都先見見再說。」

袁授黑亮的眸中劃過一抹輕嘲。「這位十九表妹，不會已經在宮中了吧？」

太后也爽快，「正在殿外候著。秦福，去宣她進來。」

秦福微微欠身，小心看了一眼袁授的臉色。這兩方他都開罪不起，只能認定自己主子的態度，好在袁授沒有反對的意思，秦福這才輕鬆了口氣，連忙轉身去了。

沒過多久，秦福回轉，身後跟著一個垂頭前行的窈窕身影，於殿中位置站定，低頭拜下。

聽著她明朗的嗓音，袁授輕揚眉梢。

太后開口道：「抬起頭來。」

殿中女子依言抬頭。「臣女哈千影，參見皇上、太后。」

那是一張十分漂亮的臉龐，眉眼中蘊著十分的明麗，雖是輕笑，卻給人熱情洋溢之感，驕傲、自信，從不畏畏縮縮，實在……和她很像。

盯著那張熟悉的面孔，袁授的目光沒再移開。太后見狀極為安心，正與哈千影會心一笑之際，忽聽袁授笑道：「流影，妳竟肯回來。」

哈千影不躲不避。「回皇上的話，當年的流影已經死去，臣女哈千影，給皇上請安。」

袁授轉眸，看向太后。「太后的確用心了。」

「誰讓你是哀家的兒子。」太后嘆了一聲。「皇帝至情至性，對皇后的情誼但凡女子都會羨慕。可惜皇后失子之後心灰意冷，難顧大局，哀家不能看著皇帝就這麼消沉下去。皇帝若是不願，可以不納千影為嬪妃，但不要拒絕她的陪伴，就算以慰寂寥，也不枉哀家一番心意了。」

「太后的心意，朕十分感動。」袁授安靜聽完太后的話，平靜說道：「但恐怕，太后要失望了。」

「皇帝……」

「還是太后忘了麗嬪之事？」

聽到這裡，太后目含盛怒，勃然而起：「皇帝！哀家已百般遷就，你為何執迷不悟？你只管你的真性情，可為這天下想過？可為我這個母親想過？你不納後宮，哀家依你；你執意立顧氏為后，哀家也依你。哀家為你退讓這麼多回，你怎就不肯遷就哀家一次？你眼中，可有我這個母親！」

「自然是有！」袁授聲音陡然冷厲，「但，也沒那麼重便是了！」

「你……」太后一怔，而後極怒，「你這是何意！」

袁授的目光掃向秦福，秦福立時拉起哈千影退出殿外。

殿門閉合之時，袁授輕笑，「難道太后當真不知那九轉靈竅丸的來歷？」

太后目光一凝，微微收緊脣角。

袁授已又說道：「難道不是太后派人將此丸送給袁北望，以獻寶為名，讓妳的兒子在短短五年時間內，有了能與袁攝抗衡的一身本事？難道又非太后將遏制藥效的血竭丸送與舅舅，讓他以拯救之姿出現在我的面前，讓我永遠記得他的恩情，也永遠受他的鉗制？」

一句句質問，讓太后一步步的後退，最後跌坐於椅上。「你……如何會知道……」

袁授坐姿未動，眼中一片冷然。「我不僅知道，還知道九轉靈竅丸與血竭丸是太后的情人，顧氏的前任家主顧有德所贈。不過，太后可知道這兩樣藥的來歷？」

太后此時的臉色已灰白至極，她警戒而惶恐的盯著袁授，將他吐出的話一字一句的納入耳中。

「如果太后記性不差，應該還記得妳至愛的兒子，失蹤了將近十年的時間！」袁授雙瞳猛然一縮。「在太后與顧有德於王府秘室中濃情四溢共譜那半幅梅花圖的時候，妳可知道妳的兒子正被顧有德囚於深山之中試煉毒藥！」

「你說什麼！」太后猛的驚呼出聲，「那不可能！」

袁授冷笑，直看得太后粉面慘白，額角滲出點點濕冷。「那不可能……」太后的雙手劇烈顫抖著，揪住胸前的衣物，再開口已潰不成聲，「那是……絕無可能的……」

「為什麼不可能？」袁授始終冷靜如昔。「莫非太后真那麼天真，認為以顧有德那般冷傲乖戾的脾氣，會忍得您拋卻私訂終身的誓言嫁入王府，而後情願的詐死，甘心做妳的秘密情人嗎？」

「不……不會……」太后已被這一連串的訊息逼至極限，她猛烈的搖頭、尖叫，拒絕再聽袁授說出的任何話語！

「顧有德是在向妳報復，所以他綁了我去試藥，同時他又有野心，他煉製這兩種藥物，為的是控制袁北望，重得他失去的東西！可他萬沒想到，我美麗仁善的母后在得知這一計畫後，竟為奪藥毒死了他。」袁授的聲音和緩平靜，彷彿說的一切與他沒有半點關係，彷彿那些受藥物折磨生不如死的日子全是幻影。

「他也沒有想到，妳雖貪戀與他的感情，但更放不開的卻是鎮北王妃的身分！所以妳怎會讓袁北望受制於他人？要掌控也得掌控在妳的手中！只不過妳一直沒有等到最佳時機罷了。妳知道袁北望的野心，可他這一準備就是十年！他老了，又有許多繼承人，所以妳始終在觀望，希望能一舉掌控將來天下的擁有者，多幸運，這時妳的兒子恰巧出現了。」

「不會……不……」太后的聲音已然微不可察，她的雙唇一直在顫動，精神也到了崩潰邊緣，但她仍不忘問：「你為何……會知道……」

「不是我知道。」袁授站起身走到太后面前，居高臨下的將她潰敗的醜樣盡收眼中。「是顧有德知道。他是天醫，就算身中劇毒，也總有辦法暫時保得性命，將一些事情告訴了他想告訴的人。太后猜猜，他告訴了誰？」

「是袁北望。」袁授輕輕吐出這個名字。「不過顧有德很聰明，他明白報復最極致的方式，他隱下了我，隱下了藥物，只說了妳與他的姦情，否則妳以為袁北望會留著妳的性命，等妳去害他嗎？」

「但只要是做過的事，總是有跡可查的。其餘的事，袁北望查到了一些，半年前，袁北望飲下鴆毒之前，對我說了這些事，其後我又查到了一些，敢問太后，兒子所說……可有遺漏？」

「什麼？」太后閉了閉眼，「王爺……王爺他……」

「太后以為，朕的天下，能容忍這樣一個野心勃勃之人，隨時覬覦嗎？」

「那昭和宮躺著的……」

袁授輕笑，似是聽到了一些好笑的話。「如果今日之後太后出了什麼差錯，一樣會有人代替您，在慈安宮安穩的生存下去。」

話至此處，太后的身體頓時一鬆，整個人癱至椅上，似乎被抽走了最後一絲氣力。

良久過後，太后忽然又振奮起來。「不！你騙我！如果真是有德帶走了你，你又為何……執意立顧氏為后？」太后怒目圓睜，聲音淒厲萬分，「她是他的女兒！」

「是啊……」袁授緊繃的神情也猛然一鬆，似乎有什麼東西在他眼中變得清明起來。「她是他的女兒，但這並不妨礙我愛她。」

第一百九十二章

【報復】

說完這句話，袁授頓覺心中豁然開朗，原來如此……竟是如此！

可笑，他以前怎會認為，她在他心中的重要性，要遠次於這個江山呢？

原來，沒有了她，他就連努力的動力都失去了。

沒有她的期盼，少了她的喝彩，就算他做得再好，再受萬民擁戴，又有什麼意思！

原來這才是他拒納後宮的原因。他並非是嫌女人麻煩，也並非是只習慣她一個人，由始至終，從她在陷阱前有如神降的向他伸出手的那一刻起，她就住在他心中最重要的那塊地方，再移不開了。

也正因如此，就算他覺得自己即將失去她也拒絕放手，如果讓他用餘生來後悔自己的錯誤和時時懷念她，他也願意。

沒有后妃？這世上還有一種生物叫和尚，少了女人一樣可以活下去。沒有子嗣？他自己都自顧不暇了，生兒子來幹嘛？無人繼承大統？他同樣不是泰安帝的兒子，不也一樣坐擁了這個江山？凡事種種，在解決面前，沒有問題。

不過，他現在覺得自己還是過於悲觀了。

他還是有機會的。

撇下受了過度刺激而暫時神志不清的太后，袁授大步踏出殿外，去想他的解決之道。

「皇上……」

秦福緊張的聲音自他身後飄來。袁授停步，看著滿眼期盼的哈千影，扭頭對秦福說道：「帶她去看看冷宮的環境，如果喜歡就讓她住下。」

怎麼樣？他很善解人意吧？

袁授對自己善良的行為可是十分滿意的。

然後，他獨自一人出了宮，打馬出城直奔郊外千雲山，又步行一個時辰，翻至千雲山後山。隱密的竹林中，當年的醫廬仍在，袁授停於醫廬外摸出一支骨笛吹響，尖銳的聲音驚起飛鳥無數，又待一會，竹林內現出一個人影，漸漸近了。

「這才三個月，皇上給的時間未免太短了。」來人似乎有些不滿。

「不是為了那事。」袁授接過來人拋過的藥丸含入口中，這才隨他穿過竹林，來到醫廬之前。

「顧長生。」袁授站定了身子，「給我弄一種解藥出來。」

那人回頭，俊美無儔的面上此時裝載著滿滿的無奈。「這不還是那事嗎？」

「真不是那事。」袁授認真的說道。

半年後，三覺庵中——

「娘娘訪友還沒回來嗎？」幾乎每天都來報到的左東權，一副忍耐到極限的模樣。

「我已說過了，還沒有。」青桐閒閒的喝著茶，說道：「左大將軍耳力似乎不佳，我最近自己摸索了幾招治耳疾的針灸之法，不如替左將軍試試？」

左東權幾乎疾跳而起。「不用！我明天再來！」

開玩笑！要不是顧晚晴對他有醫治之恩，他怎麼可能接下這個差事每天都跑三覺庵？當他閒得無聊嗎？不過他也的確挺無聊，居然抹不開面子拒絕上次青桐的提議，真讓她扎了幾針。

摸著至今隱隱作痛、似乎關節還有些不靈活的左臂，左東權痛定思痛。說到底還是他承了顧晚晴的情，這才應了青桐的要求！可也不知她是趁機報復還是醫術當真那麼爛，在天醫身邊待了五、六年，竟還是那半吊子醫術，說出去真要笑掉人家的大牙！

懷著悲痛的心情，左東權打馬回京，入宮面聖。

「還沒回來？」

聽著御案之後傳來的聲音隱含著咬牙之意，左東權第一百八十次的點頭。「是。」又第一百八十次的問道：「可要臣前往濟州接娘娘回京？」

「不必了！讓她……多散散心吧。」

嗯，忍得很辛苦啊。左東權憑著聲音暗暗猜測袁授現在的表情，同時對顧晚晴有種一去半年了無音訊的舉動表示深深的敬仰。

「給朕召悅親王回京！回京！」

左東權眼見著一枝朱筆擲於自己眼前，立刻判斷他崇拜敬愛的皇上……真的失控了。

「他竟膽敢把一個野男人的地點給她！看他回來朕怎麼治他！」

「是……」左東權為悅親王深掬一把同情淚，又在心裡偷偷反駁：誰讓你當初為了儘快完成大業而同意他的提議，饒了他的性命，現在又來後悔，還說是什麼野男人……人家才是皇后娘娘當初名正言順的未婚夫好不好？

但顯然，他敬愛的皇上大人並不認同這一點。

夏去秋至，又是三個月過去，腿腳越發麻利的左東權終於帶回了好消息。

聽到顧晚晴歸來的消息，正提筆書詔為悅親王再次減俸的袁授手哆嗦了一下，看著聖旨上寫壞的那筆，愣了良久，他指著門外厲聲道：「快去，宣顧……」話沒說完，他的人已消失在御案之後。他差點忘了，左東權根本不知道顧長生隱居在深山研究解藥那事。

過了兩天，當一臉鬍子、頭髮糟亂形如乞丐的顧長生出現在三覺庵時，差點沒驚掉了顧晚晴的下巴。

「你幹嘛這個造型？」顧晚晴撇著嘴。「難道你終於離開了顧家，又落魄到這種地步？」她又摸摸下巴。「不應該吧？就算你醫術廢了，也還能靠臉吃飯啊。」

「少廢話！」顧長生似乎在極力忍耐著什麼，讓他那清朗不再的面孔變得十分有深度。

「想必妳知道皇上因服食了九轉靈竅丸而產生了頭痛的症狀，一年前皇上拿了些抑制此症的血竭丸給我，要我入深山的一座醫廬研究解藥，那醫廬中有許多這方面的記載，所以我終於查清了九轉靈竅丸的藥性，也製出了一枚解藥，不過這解藥同樣有後遺症，服食過後，九轉靈竅丸的藥效全解。妳懂得全解是什麼意思嗎？就是這幾年的事情他會忘得一乾二淨，包括他學過的東西、經歷的事，他會變成從前的那個傻阿獸，所以妳自己考慮要不要給他吃這個藥。」

說罷，顧長生從黑得油亮的前襟裡掏出一個小瓶，「啪」的一聲往顧晚晴面前的桌子一放，一副解脫的樣子，轉身就走。

「喂……」顧晚晴叫了幾聲也沒能挽留他毫不猶豫的離去，不得不猜測他是不是遠離人群太久，變得孤僻了。

目光轉回到那個小瓶上，顧晚晴將之拿起，在手裡掂了掂，本來已放鬆了許多的心情再次沉重起來。她知道回來就要面對他的。她以為過了這麼久，她已能做下決定，原諒，或是放棄，都可以輕易說得出口了。

可沒想到，原來準備了這麼久，她仍是在猶豫。

他的病又犯了嗎？原來那時秦福說的「病」是這個。他發病的模樣她見過，生不如死，但他不吃藥，為什麼不吃？是怕有依賴性？所以才要顧長生去研究解藥？又為何去了醫廬，醫廬中……又為什麼會有那麼多關於九轉靈竅丸的記載？

她不明白的事太多太多了，還包括她這次去探訪的人，雖然早在傅時秋給她那個地址的時候她就隱約猜到，可當他真的出現在她面前，她還是覺得很神奇，也有許多疑問。

不然……在決定之前，再見他問個清楚好了。

這個想法一出現，顧晚晴立時皺了皺眉。

怎麼？她的心裡還是想原諒他的嗎？他曾經對她的傷害，她已經準備全都忘了嗎？

絕不！

「青桐。」顧晚晴把正在製一雙男鞋的青桐叫過來。「妳去趟宮裡，約他出來見個面吧。」

青桐微微一笑。「哦，好。」

「不是左東權。」顧晚晴提醒了一句。

青桐囧囧有神的出去了。

是夜，雲淡星疏，彎月上弦，顧晚晴伸展了一下有些疲憊的身體，起身至門前，將房門拉開。

門外，一道頎長身影佇立，長指輕曲，似正欲敲門。

「終於知道敲門了？」顧晚晴只掃了他的輪廓一眼，便迅速的別開眼去。「進來吧。」

身後腳步輕響，她頭也不回走到桌旁又坐下。眼角瞄見他在對面落了坐，她輕輕抿了抿唇。

「我在濟州見到了聶清遠。」她的聲音聽起來十分平靜。「還有……聶伯光？」這句帶著疑問，「他為什麼還活著？」

「還記得在我登基之前，聶清遠曾經回京嗎？」他的聲音清朗如昔。

顧晚晴淺淺吸了口氣。「嗯。」

「他是來找妳的。」他說著：「準確的說，他是想透過妳找到我，與我達成一個協議，只不過後來我……因故秘密回京，顧明珠便將他引見於我，以致妳並沒有見到他。」

秘密回京……顧晚晴暗中摸了摸手腕上的碧璽手鍊，又想了想，說道：「難道……宣城並非攻破……而是裡應外合嗎？」

「差不多。以當時的情況，就算聶伯光再堅持，也不過再撐月餘，宣城必破。」他回憶著往

事，想著當時自己到底為何答應了聶清遠的那個提議，自嘲不已。

他是為了早日回京與她相聚，所以才寧可放過聶伯光，放過這個向世人展示他力擒亂臣的機會，只將一具燒焦的屍身用以交差。

「原來……是這樣……」顧晚晴低下頭去。沉默半晌，她又問道：「聽說，你的病又犯了？」

「嗯。」他應聲道。「一個月發作一、兩次吧。」

顧晚晴皺皺眉，抬頭看他。「那麼頻繁？你怎麼挺？為什麼不吃藥？」

聽著她語氣中的惱怒，他笑。「因為在妳因受孕而昏迷不醒的時候，我發過誓，只要妳能醒過來，往後無論什麼病痛，我都不吃藥。」

顧晚晴微怔。

他又說道：「這次是真的，我沒有騙妳。」

的確是真的，他還曾想過，如果當時是他的江山出了問題，他大概會儘快選個候選人來接這爛攤子，而不會傻不拉嘰的發這種誓言吧？

「那……」顧晚晴藏在桌下的雙手相互輕掐了一下，問道：「那你為何還要顧長生去研究血竭丸？」

「我總得知道，折磨我這麼久的東西到底是什麼。」他淡淡說著，沒有絲毫勉強。「我也得把解藥給我親愛的舅舅看看，讓他知道沒有了他的藥，我同樣可以活下去，這樣他才會乖乖的輔佐我，不會妄自尊大。」

「你……這一年……你真的……一次血竭丸也沒有吃過？」顧晚晴的雙手不斷收緊，腦中回想的盡是她第一次發現他發病時，他難以自抑的痛苦嘶吼。

「真的。」他的後背直了直，坐姿更挺，眼中光彩一閃而過。「一次都沒有。」

顧晚晴立時別過眼去，不與他對視，緊握的雙手絞得緊緊的，原本的決定猛然搖擺起來。她不斷回想著她的孩子、她的痛苦，以及她得知真相後暗中發過的無數狠毒誓言，她要報復！她要讓他也嘗到痛苦！她要他一無所有，再慢慢教導他，等他明白事理的時候，就將一切告訴他！

「說了這麼久，喝杯茶吧……」她調回視線，手卻在觸及杯子時輕顫了一下。她咬緊牙關，為他倒了一杯茶，推至他的面前。「喝吧。」

他似乎沒有察覺她的異樣，端起來便要盡飲。

「喂！」就在杯沿剛剛接觸到他的雙脣時，顧晚晴忽然站起身體越過桌面攔住了他。抓著他的手腕，他的體溫從她的手中直傳到她的心底。

「不……」她慢慢伸手蓋住杯口。「不要喝了……」

他望著她，眼中多了些笑意，抬起另一隻手，輕輕觸上她的。「晚晴……」他終於再次叫了她的名字。「我知道這是什麼。」

無視她怔忡的神色，他輕輕的說道：「這種藥是我要顧長生製的。對妳的傷害，我無法彌補，那麼我就給妳機會，讓妳肆意的報復。」他覆住她的手，歪著頭，滿意的笑笑。「當時我發的誓很重的，如果我吃了藥，應了誓，妳也不要難過，只當報復回來了，好嗎？」

顧晚晴的手在輕輕的發顫，他察覺到，用力的握住。「妳也不必擔心朝中之事，相信我的母后早已備好了可以任她控制的替身或是一個傀儡繼承人，我這個不聽話的皇帝就算現在不消失，總有一天也會悄悄消失的。」說完這些，他堅定的移開顧晚晴蓋著杯口的手，將杯中之物仰頭盡飲。

顧晚晴的手頓時一軟，不敢置信的看著他。

「我現在可以回答妳上次的問題。」他放下杯子，目光晶亮。「我真的肯定，就算妳沒有異能，就算妳無比平凡，我也會用盡手段將妳留下，因為……因為……」他的目光微有渙散。「因為……妳是我的仙女……妳從天而降……救了我……」話未說完，他垂頭而倒，頭敲在桌子上，好大一聲。

顧晚晴突然慌了起來，她推他、叫他、打他、搡他，都沒用，他就那麼睡著，一動不動。是真的嗎？

她一遍遍的問自己，卻不知道自己問的到底是哪個問題，是藥效？還是他說的話？如果藥效是真的，他醒來後就會忘記一切，那麼她……真的能如計畫中那樣，果斷的執行嗎？

不行吧……她突然覺得自己臉上有些濕，伸手一摸，竟是眼淚。

顧晚晴慢慢的坐回椅子上，不知所措的看著對面暈厥的他，心中茫然一片，就這麼坐了整夜。

室內殘燭輕搖，窗外的光亮不知何時滲了進來，顧晚晴仍保持著原有的姿態，突然對面的人一動，嚇了她一跳。

她真是嚇了一跳，她甚至想跳起來逃走，可她的腿早已沒了知覺，身子一歪便跌坐在地。

木椅倒地，驚天動地的一聲，顧晚晴縮了縮身體，驚恐的看著他抬起頭，睜開眼，轉瞬不眨的的盯著自己。

他的眼眸黑亮如星，此時的顧晚晴卻無心欣賞，雙目圓睜的瞪著他，看他起身，走到自己的面前，蹲下，而後，現出一個極燦的笑容。

「獸獸！」他猛的撲過來抱住她，不停的磨蹭著她的頸項，過了一會，見她沒什麼反應，慢慢直起身子，繼續用他那更勝璀璨寶石的眼睛看著她，隨後明朗一笑，抓起她的手置於自己頭頂，輕輕一揉。

那一刻，顧晚晴只覺得心跳停了一瞬，眼眶熱熱的，似有什麼東西正欲噴湧而出。

第一百九十三章

【結局】

還是不行啊……什麼調教後的報復，統統見鬼去吧！

顧長生不愧是顧家最優秀的傳人，竟能研製出如此神奇的解藥，顧晚晴此時才記起她忘了問醫廬中為何會有九轉靈竅丸的記載，但是現在再問卻已經晚了，袁授……阿獸已不能再回答她的問題了。

後悔嗎？顧晚晴不知道，只知道自己是開心的，如果他們之間只能用這種方法才能繼續在一起，她並不排斥。

收留了阿獸，顧晚晴回到京中正式交出天醫之位，將天醫玉留給了仍在失蹤中的顧長生，便帶著阿獸，回到了位於千雲山腳下的那座茅草屋中。

顧氏醫廬，茅草屋有了新的名字，雖然她異能已失，但依靠她實打實的醫術，度過了初時的宣傳期後，每天前來求醫的人也算不少，後來她不得不定下每日只在上午坐診的規矩，下午便去山上種種草藥，查查陷阱裡的收穫。

阿獸在乖了數天後終是禁不住山林對他的呼喚，每天清晨衝入山裡玩個整天，夜幕之時才滿身是泥的回到茅屋，喜孜孜的等著顧晚晴為他洗去滿身泥汙，終日樂此不彼。

又如袁授所說，朝野中果然沒什麼動靜，雖然他失蹤，但國號未改，每日也有一個承治帝出現在眾人面前處理朝政。又聽葉顧氏說，甚至還有一個「皇后」顧還珠常常召「義母」入宮暢談，模樣與顧晚晴竟有五、六分相似！

不得不說，太后的手段當真通神啊！

就這樣，顧晚晴帶著阿獸隱居於千雲山底，除了葉顧氏一家，鮮少有人知道此事。而顧晚晴平時的病人主要是一些平民百姓，更不認得顧晚晴，只曉得在千雲山下有一位醫術高超的美人大夫。

顧晚晴好像又回到了六年前，每天與阿獸樂事不斷。她不想以前，也不想以後，每天只盼望明天能如今天一樣開心，那樣她就無比滿足了。

逍遙的日子總是過得很快，轉眼又是一年多過去，顧晚晴的生活似乎沒什麼改變，她也不願改變，甚至沒有刻意的去教阿獸什麼禮儀或是學問，每天任他滿山遍野的跑，再一身泥水的回來。

這天，阿獸又在一早消失，顧晚晴掛出休診的牌子，進京買些藥材。

午時剛過，她已買齊了所需之藥，於一家酒樓前停住了腳步，輕車熟路的進門，上了二樓轉進一間包廂。

「我還以為妳不來了！」她才一進門，早等在屋裡的華服公子便已抱怨出聲：「我又被扣了兩年的年俸，這樣下去，直到我一百零六歲之前，我一直是無俸可拿的狀態。我家王妃可是懷了身孕了，現在沒銀子進補，妳得賠我！」

「我有什麼辦法？」顧晚晴放下藥箱，坐到桌前便毫不客氣的動筷吃飯。直吃了小半碗，她才抬頭，說道：「你就直接抗議吧，威脅他再扣你的俸祿，你就說出他的秘密！」

「妳當我沒這麼說過？」對面的人咬咬牙。「他反過來威脅我要收回當初的賜婚。開什麼玩笑？我老婆大著肚子，他要趕她回娘家？」

顧晚晴一攤手。「那我也沒辦法了。」

對面的人捏捏眉間，發愁良久，突然問道：「妳說他知不知道妳從一開始就知道實情，現在每天看戲似的看他？」

顧晚晴忍俊不禁的抿緊唇角。「我怎麼知道？反正他演了這麼久的時間也不容易，早起要趕回宮裡去上朝，急趕著批完奏摺又要滾上一身泥回來給我清洗，堅持了這麼久，也難為他了。」頓了頓，她又感嘆道：「不過當初我也的確擔心過，如果那藥是真的……還好不是啊。」

「是啊，若是真的倒好了，藥是假的，他現在才會這麼辛苦。我最近看他的頭髮好像都少了。嘖嘖，太傷神了。」

「是嗎？」顧晚晴皺了下眉，回想他近來的表現。「他最近似乎的確有點累，眼圈都黑了。」

「是啊，最近朝裡事務繁多，邊關又亂起來了，他能不愁嗎？依我看，妳就趕快說出實情，別折騰他了，反正妳早就原諒他了。」

顧晚晴抿著唇想了一會，抬眼輕哼，「傅時秋，我還不知道你的打算？你讓我原諒他，跟他回宮，他心情一好，就不扣你的俸祿，到時你再邀功一番，說不定不僅能拿回扣除的年俸，還能得到一筆不菲的賞銀，到時候你就不用每天靠老婆吃飯，當小白臉了。」

「喂喂喂！」傅時秋筷子一摔。「誰是小白臉？」

「你啊。」顧晚晴絲毫不懼的回望著他。「他暫時收了你的封地，把你召回來就是為了折磨你。你除了年俸，根本沒有別的收入，你告訴我，你現在穿的都是誰的？這桌飯菜，你花的又是誰的？思玉真是可憐，大著肚子還要向娘家伸手，嘖嘖……」

「顧還珠！」叫完這句，傅時秋板著的臉暫時垮了下來。「求妳了，皇后娘娘，多體諒為臣的不易吧！」

「嗯，看心情吧。」顧晚晴放下碗筷，摸出一塊帕子擦了擦嘴。「要兩份金絲蝦球替我打包，也得替他改善一下膳食，看來每天啃野菜還是不行啊。」

傅時秋默默流下兩行寬麵條般的眼淚，看來他的小白臉生涯，還是要持續上一段時間！

與此同時，皇宮之中，一臉菜色的袁授加緊批閱著御案上成堆的奏摺，一邊分神與立於殿中形如野人的顧長生說話。

「皇上若是早日告訴為臣，那醫廬本屬於臣的義父，說不定早在一年前臣便已製出解藥了。」顧長生如今也是御封的天醫，承襲爵位，不再是草民了。

「少廢話吧你！」袁授一本接一本的埋頭苦批，手都快抽筋了，還是片刻不敢耽誤。「說重點！」

「九轉靈竅丸不是毒藥，所以當年皇后的能力對此無效。」

聞言，袁授終於抽空抬了抬頭，看清了顧長生的造型後，他不忍再睹的低下頭去。「不是毒藥是什麼？」

「是蠱。」提到這個，顧長生似乎一下子神清氣爽起來。「臣遍查顧家醫典，終於發現了一本奇書。蠱這種東西來自於萬海之西的一個神秘部族，他們透過自身與各種蠱蟲的聯繫控制他人。臣的義父，正是透過這本奇書，加之多方試煉，才研製出這種初級蠱蟲，以己之心血供養蠱蟲，令中蠱者神清智明。」

「什麼？」袁授不敢置信的抬頭，忍著噁心看了顧長生半天。「這還是初級蠱蟲？」

「不錯。」顧長生滔滔不絕的說道：「高級蠱蟲的威力會更強大，若是堅持不吃摻有施蠱者心血的解藥，任憑皇上心智再堅定，也絕對堅持不了這麼久。」

「難道除了血竭丸，就沒有別的辦法？」袁授第一次擔心起來，畢竟知道有隻不知是什麼的蟲子在他腦子裡……

顧長生仰天長笑，任袁授再能忍，也忍不住翻了個白眼給他。

顧長生笑完，鄭重說道：「只須製成百枚血竭丸，一次服下，便可引出蠱蟲！」
「百枚……」袁授搖搖頭。「顧有德已死，現存的血竭丸，最多不過二十枚。」
顧長生咧了咧嘴，看樣子又想笑，但最後忍住了。「雖然為臣義父已逝，但義父血親仍在，只須用其十滴心頭血，便可製出百枚血竭丸，若怕藥效不佳，心血滴數可以加倍，定然萬無一失！」
「血親？」袁授朱筆一頓。「是晚晴？」
「正是！」顧長生上前一步，形容急迫。「二十滴心頭血，她怎會不願！」
看著顧長生期盼如瘋子似的目光，袁授實在很難理解這種專業人士的執著與瘋狂。
想了想，袁授搖了搖頭。「心頭血不同尋常，她是否會有危險？」
顧長生也仔細想了想，「皇上如果不放心，不妨先取為臣的心血一試。」
「這倒是個辦法……」袁授說著話，眼前突然浮現出血竭丸的樣子，一顆足有指頭大小，一百顆……頓服……他突然覺得很飽。他抬手擺了擺，「讓朕想一想。」過了一會，他問道：「如果是血親的血親……也有效嗎？」
顧長生想了半天這個人際關係，點頭回道：「或許再加倍也可一試。」

「那……蠱蟲引出後，朕還會像現在這樣吧？」袁授問得有點小心。「不會那個……記憶全失什麼的吧？」

顧長生真誠的點頭。「放心，蠱蟲應該不會有皇上這樣的想像力。」

「好。」袁授終於舒了心，指著大門道：「你回去吧，一年之後再來給朕製藥。」

「為什麼要一年？」顧長生不太理解。

「生個兒子不就要一年嗎？」袁授忽略顧長生無語凝噎的傻樣，又認真的考慮起另一個問題。

雖然他「回到」顧晚晴身邊已經一年有餘，可直到現在，雖然他們夜夜同床，卻都沒有那個什麼啊！尤其他現在的角色還不適合主動，再等下去，心頭血可不知道哪年才能出生了。不行，還是得扣傅小子的俸祿才行！他撐不住自然會去求顧晚晴，顧晚晴最受不了別人求她了！嗯！就這麼辦，再扣個二十年吧……

袁授馬上提筆下詔，沒見著顧長生連連白眼。

還生個兒子取心頭血？這做什麼美夢呢！上次怎麼犯事的這麼快就忘了是吧？每天泥裡打滾也沒學乖！要是顧晚晴再有孩子，他敢碰？真是學不乖啊！

伴隨著顧長生心底的嘆息，袁授匆匆下了詔書，又埋頭苦批他的奏摺去了。邊批邊給自己打氣：加油啊獸獸！還有七十八本，批完了就能回家吃飯了啊啊啊！

《天字醫號07》完

番外一

【意外發現】

很多年後，顧晚晴無聊時便會回宮中住住，和自己的替身哈千影聊聊天，再看護一下自己栽在御花園裡的草草藥藥什麼的。

因為她的大面積種植，御花園很快就不夠她施展了，沒辦法，她的藥園只能向御花園外擴張征地。這日她征地征到清涼殿後的一處園子，名為「塔園」，園內各種造型的寶塔林立，據說這是泰安朝的一個妃子酷愛「塔」這種建築，泰安帝為博美人一笑，就下令建了這個園子。

不知道為什麼，顧晚晴一進到這裡總覺得有點熟悉似的，輾轉反側了兩天，直到袁授又開始反省自己是不是哪裡做錯了的時候，她總算想出了點苗頭。

似乎有一張藥方，桃仁、蛇蛻、鳳凰衣、園參、千層塔、三分三、石見穿、一見喜……那是長公主偷溜前，留給她的暗號。暗號的大意是她要偷溜了，要顧晚晴幫忙，為了表示誠意，她在一個有塔的地方藏了筆酬金，讓顧晚晴去拿。

後來顧晚晴還曾打聽過這個地方在哪，得知宮裡塔最多的地方就是這，但後來一連串的變故，讓她忘了這事，直到今天，她圈地圈到這裡，才又想了起來。

也不知道長公主離宮時把這酬勞挖走了沒。

顧晚晴依著暗號的提示，找到了一座名中帶「千」的塔，分別在塔四周三尺三和三丈三的位置尋找，很容易就在北方三丈三處找到了一塊大青石，又拿著藥鋤在青石周圍隨便一刨……倒還真是挖出了東西。

不過這東西要怎麼處理呢？顧晚晴抱著那盒子有點頭疼。

這都這麼多年了，朝中上下早就有新的通用御璽了，沒理由再用回前朝這個。砸了？太浪費了。思來想去的，算了，還是給袁授去傷腦筋吧。

再後來，很長一段時間內袁授都沒再提這事，顧晚晴有一次憋不住問了問，袁授嚴肅的伸出食指豎於唇前。

「小點聲，我把它藏到御座下了，將來兒子繼了位，坐上就能發現，讓他頭痛去……」

顧晚晴撇撇嘴，真夠損的。

《番外一．意外發現》完

番外二

【無悔】

還是很多年以後，遠在天邊的顧明珠偶爾想起當年的種種事端，總是忍不住想翻白眼。

她到底著了什麼魔呢？爭爭搶搶了那麼多年，讓人一句話發配到尼姑庵守了那麼久，要不是當時心灰意冷的隨著找去的表哥遠離京城，她也沒有如今響譽四海的醫名，沒有如此深愛她的丈夫，如此活潑可愛的一雙兒女，更沒有與樂姨娘的共聚天倫，沒有這份家業，也沒有這份逍遙自在。

細想當年，似乎是她五、六歲的時候，便有一個呆呆的男孩對她說：「明珠表妹，我這輩子，都會保護妳的。」

他說到了，也做到了。

若非及時醒悟，她不會看到他的付出，不會看到他十幾年不變的痴情，不會明白為什麼每當有難事之時都會有他及時伸手相助，不知理解他為什麼這麼多年都不議親，更不會知道為了她兒時一句無心的想入宮看看的心願，他棄文從武，夢想做一個禁軍，守著皇城，可以在她想入宮的時候，為她打開宮門。

他最後終是去做了禁軍，雖然那時早已不再天真，但他仍是去了。因為他明白她的野心，明白她不會甘心承認自己庶女的身分，她一定要走到更高的位置，而時常入宮與貴人們打好關係，無疑是她提高名聲的最好機會，所以他數年如一日的堅守在宮門之處，放棄了任何升遷的機會，只為在需要時，能為她一開方便之門。

他做到了，他抓住一切機會向過往於宮門之人宣傳她的醫名，上至當朝一品的家眷，下至宮女內侍，很快的，顧氏庶女顧明珠的名聲在常常出入後宮的貴婦中傳揚開來。

此後，他眼看著她倍受宮妃喜愛，眼看著她名聲雀起，眼看著她成為「京城明珠」，眼看著她身邊包圍了越來越多的王公子弟，眼看著她芳心暗許，再眼看著她由高處摔下，一次，再一次。

至今想起，顧明珠仍會慶幸，當初自己幸好是摔得形如爛泥。有了那段頹然的日子，他才敢鼓足了所有勇氣，問她願不願意隨他遠去，遠離這個令人傷心的地方。

而她也慶幸自己沒有拒絕，因禍得福，找到了自己的幸福。

《番外二・無悔》完

番外三

【遺詔】

仍是很多年以後……

「娘娘看看這個。」剛懷了第二胎微有些發福的劉思玉，神情凝重的遞給顧晚晴一只鞋墊。

顧晚晴沒有馬上去接，瞇著眼睛仔細研究了一下，悄悄後退，她發現這只鞋墊是隻男人的尺寸，而且好像用過。

「咳，這的確是時秋的。」劉思玉有點不好意思。「我想給娘娘看的是這個。」她伸手由鞋墊夾層中抽出一塊金色布絹，鄭重交到顧晚晴手上。

看在孕婦的面子上，顧晚晴強壓心中不適，將那金絹打開，只看一眼，臉色頓變。

金絹起頭便是：大行承治皇帝遺詔。

遺詔！

她咬緊了牙，好小子！居然給她玩這手！怕死是吧？她的心頭血早給了顧長生，一百枚血竭丸也包了整頓的餃子謊稱是她新研製的藥膳，強逼他吃了，雖然最後他消化不良足足一個月吧，但他腦子裡沒蟲了啊！他就沒發現他已經好久沒有發過病了嗎？居然又偷偷立什麼遺詔！虧他還擺出一副雲淡風輕的樣子，演技之強堪比影帝啊！

顧晚晴捏著遺詔就往外衝，劉思玉連忙拉住她，「娘娘，先看了內容再去算帳也不遲！」

劉思玉也好奇，傅時秋的衣著從頭到腳都是她一手打理，這鞋墊換了這麼多次她也沒發現異樣，今天突然發現開線了，趁傅時秋睡午覺的時候拿出來補，這才發現了這件東西，馬上入宮，將其交給顧晚晴。

顧晚晴稍稍冷靜下來，再次展開金絹，待全部看完，不禁微感茫然。

遺詔不長，交代的也並非承繼人這樣的大事，只寫著：朕駕崩後，皇長子靈柩隨朕葬於皇陵，不可延誤。

「皇長子？誰啊？」顧晚晴磨著牙。「是熙兒？他這該死的居然要他兒子陪葬！我咬死他！」

「娘娘、娘娘！」劉思玉死死抱著火力全開的顧晚晴，提醒道：「看日期！」

顧晚晴又撿起甩到一旁的金絹看袁授御筆簽名和玉璽下的落款日期，承治元年九月初一。

承治元年？那不是袁授登基的第二年嗎？顧晚晴仔細回想，突然眼圈微紅。

那年發生了什麼事，她再清楚不過！

只是……他為何要立這樣一份遺詔？九月初一，那時她剛剛離開他，是出於悔意嗎？而那「皇長子靈柩」，現在又置於何處？

她幽幽的看向劉思玉，劉思玉緩緩點頭。「沒錯，他一定知道。」

兩個時辰後，被人於睡夢中揪起的傅時秋沒什麼抗壓能力，飛快的交代事實後，幽怨的領著顧晚晴與劉思玉二人重回宮中，敲開了勤政殿外的一塊方磚。

「這就是……」顧晚晴怔怔的看著眼前只有巴掌大小的一副精緻純金靈柩，突然失去了所有的語言。

微抖著雙手打開金棺棺蓋，顧晚晴已做好了看到什麼的心理準備，可一眼瞄下，看到的卻只是一張折成三角形的靈符。不發一言拿出靈符，雙手無比輕巧的將靈符上的紅線拆開，顧晚晴幾乎是屏著呼吸完成這一舉動，再將靈符緩緩展開——

天佑吾身，子嗣昌延。

這是一道求子的靈符，宮中清風殿的法師們也曾給她求過。

難道，袁授……也曾求過？

顧晚晴耳邊突然響起一段對話，那是多年以前，她立后大典的次日清晨，聽到袁授與秦福的一番對話。

「奴才聽清風殿的法師說，有一種祈子靈符，只要日日佩戴，定能早生貴子。」

「哦？有子無子都是朕盡力的事，和那些法師有什麼關係？簡直是無稽之談！」

現時想起，顧晚晴仍記得他當時的語氣有多麼不屑，可原來……他終究去求了嗎？

那個孩子，也曾是他盼望的嗎？

就那麼失去了，他的心裡……可曾與她一樣，那樣深切的疼過嗎？

這些事，他為何從未提過？

慢慢仔細的將靈符重新折好，顧晚晴神情鄭重肅穆的重新合上棺蓋，親手將之放回勤政殿前的地磚下，將一切復原後，歪著頭看著斜前方勤政殿的殿門。

他日日都要從這裡出入的。

他是否也在日日的提醒自己，他們有一個孩子，被他親手葬送了呢？

顧晚晴的心突然絞痛起來，緊咬著牙關，許久也不能將那湧起的心酸嚥下。

「那個……」傅時秋湊到顧晚晴身後，說道：「那麼多年前的事了，妳感懷一會也就行了，這事千萬保密，遺詔上的火漆被妳們拆了，我得馬上回去補一個，要是哪天他想起來要看，發現火漆動過了，妳可得替我作證啊！」

顧晚晴回頭橫他一眼。「我還沒問你，這種東西為什麼藏在鞋墊裡？你就不怕大不敬？」

「什麼？」傅時秋驚叫一聲，一副萬分惶恐的樣子。「為臣是怕皇上隨時不測，這才隨身攜帶，也好執行皇上『不得延誤』的命令啊！」

顧晚晴無語……傅時秋，不就是扣了你一點俸祿嗎？你到底是有多盼望他早死啊……

《番外三．遺詔》完

《天字醫號》全書完

【第七帖】

懲治：
串通爲引，
輔以心灰 二兩
決絕 三分
脆弱 八錢
不知情 五厘
病發時緩服， 一年見效。

夏澤川 著
MO子 繪
少女騎士の薔薇殿下
8 7
妳、就是我的
專屬騎士
上金石堂網路書店購買，
加贈少女騎士Q版票夾！
數量有限，送完為止
為了尋找哥哥，夏憐歌進入薔薇帝國學院。
沒想到一個失足，
她竟成了「自戀狂儲君」彼方‧蘭薩特的「專屬騎士」！
蘭薩特閣下專屬的騎士＝任憑差遣（到死為止）
雜草兄控少女
Plues
自戀無上儲君
——校園花樣青春即將閃耀「kira～☆」一聲展開!?
華文聯合出版平台 www.book4u.com.tw
不思議工作室_
立即搜尋
典藏閣
采舍國際
www.silkbook.com
版權所有© Copyright 2013

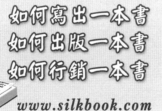

飛小說系列061

天字醫號07（完）

江山、美人孰輕孰重？

出版者■典藏閣
作　者■圓不破　繪　者■Welkin
總編輯■歐綾纖
製作團隊■不思議工作室
郵撥帳號■50017206 采舍國際有限公司（郵撥購買，請另付一成郵資）
台灣出版中心■新北市中和區中山路2段366巷10號10樓
電　話■(02) 2248-7896　傳　真■(02) 2248-7758
物流中心■新北市中和區中山路2段366巷10號3樓
電　話■(02) 8245-8786　傳　真■(02) 8245-8718
ISBN■978-986-271-374-7
出版日期■2013年7月
全球華文國際市場總代理／采舍國際
地　址■新北市中和區中山路2段366巷10號3樓
電　話■(02) 8245-8786　傳　真■(02) 8245-8718
新絲路網路書店
地　址■新北市中和區中山路2段366巷10號10樓
網　址■www.silkbook.com
電　話■(02) 8245-9896
傳　真■(02) 8245-8819

☞您在什麼地方購買本書？☜

1. 便利商店（________市／縣）：☐7-11　☐全家　☐萊爾富　☐其他________

2. 網路書店：☐新絲路　☐博客來　☐金石堂　☐其他________

3. 書店（________市／縣）：☐金石堂　☐誠品　☐安利美特animate　☐其他________

姓名：________ 地址：________

聯絡電話：________ 電子郵箱：________

您的性別：☐男　☐女　　您的生日：西元________年________月________日

（請務必填妥基本資料，以利贈品寄送）

您的職業：☐上班族　☐學生　☐服務業　☐軍警公教　☐資訊業　☐娛樂相關產業
☐自由業　☐其他________

您的學歷：☐高中（含高中以下）　☐專科、大學　☐研究所以上

☞購買前☜

您從何處得知本書：☐逛書店　☐網路廣告（網站：________）　☐親友介紹
（可複選）　☐出版書訊　☐銷售人員推薦　☐其他________

本書吸引您的原因：☐書名很好　☐封面精美　☐書腰文字　☐封底文字　☐欣賞作家
（可複選）　☐喜歡畫家　☐價格合理　☐題材有趣　☐廣告印象深刻
☐其他________

☞購買後☜

您滿意的部份：☐書名　☐封面　☐故事內容　☐版面編排　☐價格　☐贈品
（可複選）　☐其他

不滿意的部份：☐書名　☐封面　☐故事內容　☐版面編排　☐價格　☐贈品
（可複選）　☐其他

您對本書以及典藏閣的建議________

____

____

✌未來您是否願意收到相關書訊？☐是　☐否

✎感謝您寶貴的意見✎

印刷品

$3.5
請貼
3.5元
郵票
不思議信用
FUSIGI POST

235 新北市中和區中山路二段366巷10號10樓

華文網出版集團 收

（典藏閣－不思議工作室）